W0266335

Helen Garner

Das Zimmer

Helen Garner

Das Zimmer

Roman

Deutsch von Nora Matocza und Gerhard Falkner

BERLIN VERLAG

Mehr über unsere Autorinnen, Autoren und Bücher:
www.berlinverlag.de

Inhalte fremder Webseiten, auf die in diesem Buch (etwa durch Links) hingewiesen wird, macht sich der Verlag nicht zu eigen. Eine Haftung dafür übernimmt der Verlag nicht.
Wir behalten uns eine Nutzung des Werks für Text und Data Mining im Sinne von § 44b UrhG vor.

ISBN 978-3-8270-1509-9
Die Originalausgabe erschien 2008 unter dem Titel *The Spare Room* bei
The Text Publishing Company, Melbourne
© 2008 The Text Publishing Company, Melbourne
Für die deutschsprachige Ausgabe:
© Berlin Verlag in der Piper Verlag GmbH, Berlin/München 2024
Satz auf Grundlage eines CSS-Layouts von
digital publishing competence (München) mit abavo vlow (Buchloe)
Druck und Bindung: GGP Media GmbH, Pößneck
Printed in Germany

»Eine Ehre ist es, eine Schlafstatt zu bereiten, in der ein anderer ruhen wird.«

Elizabeth Jolley

ALS ERSTES rückte ich in meinem Gästezimmer das Bett auf eine nordsüdliche Achse. Es heißt doch immer, dass das den Schlafenden mit dem positiven Energiestrom des Planeten verbindet, oder? Sie jedenfalls würde an so etwas glauben. Ich machte das Bett hübsch zurecht, mit einem frischen Spannbettlaken, dem in blassem Rosé, da sie sich durch ein feines Gespür für Farben auszeichnete und Rosé selbst dann der Haut schmeichelt, wenn sie gelblich geworden ist.

Würde sie ein flaches Kissen wollen oder ein dickes? War sie auf Bettfedern allergisch oder als Vegetarierin vielleicht sogar grundsätzlich gegen deren Verwendung? Ich würde ihr einfach die freie Wahl lassen. Ich suchte alle entbehrlichen Kissen aus dem Haus zusammen, steckte sie in gestärkte und gebügelte Bezüge und reihte sie gut aufgeschüttelt am Kopfende des Bettes auf.

Ich zog die hölzerne Jalousie hoch und öffnete das Fenster. Die Luft, die hereinströmte, roch nach Laub, obwohl kein einziges Blatt zu sehen war, solange man nicht das Fliegengitter mit Gewalt aufdrückte und sich aus dem Fenster lehnte. Sie hatte jetzt monatelang bei ihrer Nichte Iris gewohnt, im achten Stockwerk eines Art-déco-Wohnblocks in Elizabeth Bay, dessen Fenster wahrscheinlich nach Norden hinausgingen, über einen Baldachin der eindrucksvollen Sydney'schen Feigenbäume hinweg auf die blaue Fläche des Hafens.

Der Blick aus meinem Gästezimmer fiel, falls es mir nicht noch gelang, ein paar Geranien in einem Blumenkasten am Fenster anzusiedeln, direkt auf den alten grauen Lattenzaun, der mein Grundstück von dem meiner Tochter Eva trennte, die nebenan wohnte. Immerhin lagen die Schiebefenster in Richtung Osten, und das Licht, das durch die Westseite von Evas Haus reflektiert wurde, machte den Raum bis weit in den Nachmittag hinein hell. Auch war es jetzt Ende Oktober, was in Melbourne Frühling bedeutet.

Ihre Füße machten mir Sorgen. Der Fußboden in ihrem Zimmer bestand aus blankem Holz, mit nichts als einem zerschlissenen Kelim darauf. Würde sie vielleicht mit ihren langen, grazilen Zehen darin hängen bleiben? Und hinfallen? Hausschuhe gehörten zu den Dingen, mit denen sie sich nie aufhielt, ebenso wie Koffer, Büstenhalter, Deodorants oder Bügeleisen. Ich rollte den gefährlichen Kelim zusammen und warf ihn in den Schuppen hinter dem Haus. Dann fuhr ich zu einem Laden gegenüber Piedimontes Supermarkt, von dem meine Freundin Peggy behauptet, er führe Nomadenteppiche – und in solchen Dingen kennt sie sich aus. Ich entdeckte auch gleich einen sehr hübschen: mit wassergrünen und lachsrosa Blüten, die sich über einen Pilzgrund rankten. Der Typ im Laden sagte, der komme aus dem Iran und sei mit Pflanzenfarben gefärbt. Ich nahm ihn, weil er wie ausgebleicht wirkte. Sie würde auf keinen Fall wollen, dass ich extra für sie etwas anschaffte, dass ich mir unnötige Mühe machte.

Würde sie in den Spiegel schauen wollen? Ich hatte sie seit Monaten nicht mehr gesehen: unser einziger Kontakt lief über E-Mail. Jedes Mal, wenn sich das, was da unter ihrem vergnügten Geschnatter mitschwang, gar nicht gut anhörte, hatte ich vorgeschlagen, nach Sydney zu kommen. Aber sie hatte mich immer wieder abgewimmelt. Sie sei zu einem Dinner eingeladen, bei dem sich der Termin nicht verschieben lasse, oder es sei gerade kein Bett für mich frei, oder sie wolle nicht, dass ich mein Geld zum Fenster hinauswerfe. Vielleicht würde sie es ja missverstehen, wenn in ihrem Zimmer kein Spiegel hinge. Hinter dem Bücherregal in meinem Arbeitszimmer fand ich einen, den ich einmal in einem Laden für Importware aus Asien am Barkly Square gekauft und dann doch nie benutzt hatte: ein schmales, hohes, rahmenloses Rechteck aus Glas, das an der Rückseite oben und unten immer noch mit einem Streifen Doppelklebeband versehen war. Ich suchte eine unauffällige Stelle, gleich neben ihrer Zimmertür, und drückte den Spiegel fest gegen den Verputz.

Auf dem Nachttischchen legte ich ein paar Hits für Saiteninstrumente aus, an denen wir uns mit unseren Ukulelen versuchen könnten – »Pretty Baby«, »Don't Fence Me In«, »King of the Road«. Ich bog die Leselampe in einen hübschen Bogen, daneben stellte ich einen Krug mit mir unbekannten Kräutern, die ich in der Nähe des Schuppens gefunden hatte. Dann ging ich über den Gang zu meinem Zimmer auf der Vorderseite des Hauses und legte mich aufs Bett, ohne die Schuhe auszuziehen. Es war vier Uhr nachmittags.

Zehn Minuten später erwachte ich durch ein schreckliches Krachen, das so abscheulich, so überwältigend klang, dass ich glaubte, jemand habe einen Ziegelstein durch das Seitenfenster geworfen. Am ganzen Körper zitternd, schoss ich aus dem Zimmer und rannte über die Diele. Nichts bewegte sich. Im Haus war es still. Ich musste geträumt haben. Aber am Rand des alten Läufers, der in der Diele lag, glitzerte es an einer bestimmten Stelle auf halbem Weg zur Küche ganz seltsam. Ich stieg über diese Stelle hinweg und trat ins Gästezimmer. Den Spiegel gab es nicht mehr. Die Wand war leer und der iranische Teppich mit Glassplittern übersät.

Ich kehrte mit Besen und Schaufel, ich klopfte mit dem Reisigbesen, ich saugte in wohlüberlegten, kreuz und quer verlaufenden Zügen. Die Spiegelscherben waren ganz gemein verhakt und hartnäckig und manche so winzig, dass sie nur wie Lichtsplitter wirkten. Sie versteckten sich im Untergewebe des Teppichs, in den Flormaschen. Ich kniete mich nieder und holte sie mit den Fingernägeln heraus. Als das Tageslicht schwand und ich aufhören musste, rief mich meine Schwester Conny an.

»Ein Spiegel ist zerbrochen? In ihrem Zimmer?«

Ich schwieg.

Da sagte sie mit leiser, beschwörender Stimme: »Erzähl. Nicola. Nichts davon.«

✻

»Drei Wochen bleibt sie?«, fragte mein Freund Leo, der Psychiater. An diesem Samstag saß ich in der spartanisch eingerichteten Küche seiner Wohnung in South Yarra und sah ihm beim Kochen zu. Er schüttete die Pasta in ein Sieb und warf sie in kurzen Stößen hoch. »Warum denn so lange?«

»Sie hat sich hier zu einem Kurs für eine alternative Behandlung angemeldet. Bei irgend so einem Laden hier in der Stadt. Sie haben ihr ein Fast-Track-Intensivtraining angeboten. Sie soll dort gleich am Montagmorgen erscheinen.«

»Was ist das denn für eine Behandlung?«

»Ich hatte keine Lust zu fragen. Sie hat von Peroxidtropfen gesprochen, einem grässlichen Zeug. In Sydney kriegt sie schon die ganze Zeit Vitamin C in sehr hohen Dosen. Achtzigtausend Einheiten, sagt sie. Intravenös. Zusammen mit etwas, das Glutathion heißt. Keine Ahnung, was das ist.«

Er stand einen Augenblick ganz still, das tropfende Sieb in der Hand. Anscheinend versuchte er sich zu beherrschen: ich hatte bisher noch nie die Adern an seinen Schläfen bemerkt, unter dem lockigen weißen Haar. »Das ist der totale Scheiß. Helen.«

Wir begannen zu essen. Leo versank in das typische Schweigen des Seelenklempners, während er sein Essen in sich hineinschaufelte. Sein schwarz-weißer Terrier kauerte sich neben seinen Stuhl und schaute in hilfloser Liebe zu ihm auf.

»Der totale Scheiß ist das also?«, sagte ich. »Ich hatte gleich so ein Gefühl. Stell dir vor: Als der Darmtumor auf dem Bildschirm zu sehen war, hat sie den Onkologen gebeten, mit der Behandlung eine Weile auszusetzen. Damit sie Aloe Vera in großen Mengen einnehmen könne. Er sagte: ›Nicola. Wenn Aloe Vera einen Tumor zum Verschwinden bringen könnte, würde jeder Onkologe auf der ganzen Welt es verschreiben.‹ Aber sie glaubt an solche Sachen. Sie hat so eine magnetische Matte hinter ihrer Couch auf dem Boden liegen. Sie sagt: ›Leg dich auf die Matte, Hel. Das heilt deine Osteoporose.‹«

Leo lachte nicht. Er sah mich mit seinen dreieckigen braunen Augen an und fragte: »Und, hast du dich draufgelegt?«

»Natürlich. Das ist erholsam. Sie hat die Matte von einem Laden, kostenlos, zur Probe.«

»Die Chemo hat also nicht gewirkt.«

»Sie hat eine Zeit lang ständig so einen Beutel mit sich herumgetragen, der auf ihrem Handrücken angestöpselt war. Sie ist operiert worden. Sie hat Bestrahlungen bekommen. Irgendwann haben sie ihr dann gesagt, dass sie nichts mehr für sie tun können. Der Krebs sitze in den Knochen und in der Leber. Sie haben gesagt, sie solle nach Hause gehen. Sie war dann auch noch in so einem Petrea-King-Workshop. Ich hatte Gutes davon gehört, aber sie sagt, das sei nicht so ihre Sache gewesen. Dann ist sie zu jemandem gegangen, den sie einen Heiler nannte. Er hat gesagt, sie solle sich ihre Amalgamfüllungen entfernen lassen – der Krebs werde von den Schwermetallen verursacht, die aus den Zahnfüllungen austräten.«

Leo stützte den Kopf in die Hände. Ich aß weiter.

»Warum kommt sie zu dir?«

»Sie sagt, ich habe ihr das Leben gerettet. Sie hatte nämlich vor, einem Biochemiker droben im Hunter Valley eine Menge Geld zu schicken.«

»Einem Biochemiker?«

»Ein Kinesiologe hatte ihr gesagt, der Typ habe viel Erfolg bei der Behandlung von Krebs. Da hat sie ihn angerufen. Er meinte, er müsse sie gar nicht sehen. Nur einen Blick auf ihr Blutbild werfen. Sie solle ihm gleich vier Tausender schicken, und er werde ihr dann genau die richtigen Kräuter senden, um den Krebs kleinzukriegen. ›Sauerkrautsaftkonzentrat‹ war eins davon.«

Ich kicherte schrill. Leo sah mich fest an, mit unbewegtem Gesicht.

»Und er hat ihr auch gesagt, sie solle sich nichts daraus machen, wenn sie unvorteilhafte Dinge über ihn höre, denn er habe Feinde. Leute, die ihm schaden wollten. Ich versuchte, taktvoll zu sein, deshalb fragte ich sie: ›Was hast du für ein Gefühl gehabt, als er dir das sagte?‹ Sie antwortete: ›Ich habe es als Beweis für seine Integrität aufgefasst.‹«

Mir brannten die Wangen. Ich merkte, dass ich schwafelte.

»Ich hatte Angst, dass sie mir vorwerfen würde, ich wolle ihre letzte Hoffnung zerstören. Deshalb hab ich hinter ihrem Rücken einen Journalisten aus meiner Bekanntschaft angerufen. Er hat den Mann überprüft. Und dabei kam raus, dass der sogenannte Biochemiker ein durchaus bekannter Betrüger ist. Bevor er mit dieser alternativen Heilung anfing, hat er wohl jahrelang wegen eines Raubüberfalls gesessen. Ich rief sie gerade noch rechtzeitig an. Sie hatte schon das Scheckbuch in der Hand.«

Es dauerte einen Moment, bis ich mich wieder beruhigt hatte. Leo wartete. Seine Küche war leer und friedlich. Ich fragte mich, ob er wohl je einen seiner Patienten hier hereingebeten hatte. Auf den Steinen vor den gläsernen Schiebetüren stand ein alter Waschtrog aus Beton, in dem Basilikum wuchs. Den Rest des winzigen Gartens beanspruchte sein Auto.

»Du arbeitest doch mit Krebspatienten«, sagte ich. »Klingt das schlimm?«

Er zuckte die Schultern. »Ziemlich schlimm. Stufe vier.«

»Wie viele Stufen gibt es?«

»Vier.«

Der Teller war leer. Ich legte meine Gabel hin. »Was soll ich machen?«

Er legte dem Hund die Hand auf den Kopf und zog ihm die Ohren nach hinten, so dass seine Augen zu Schlitzen wurden. »Vielleicht kommt sie deshalb zu dir. Vielleicht will sie, dass du es bist.«

»Dass ich was bin?«

»Diejenige, die ihr sagt, dass sie sterben muss.«

Wir hörten uns eine alte CD von Chick Corea an und sprachen über unsere Familien und was wir gerade lasen. Als es spät wurde, brachte er mich zu meinem Auto. Der Hund trottete hinterher, ihm dicht auf den Fersen. Während ich die Punt Road entlang davonfuhr, sah ich die beiden noch einmal kurz im Scheinwerferlicht auftauchen, dann verschwanden sie im Dunkel der großen Gärten.

*

Leise und ruhig fiel in der Nacht der Regen. Ich erwachte um sechs Uhr mit dem Gefühl, es stehe etwas Drohendes bevor; es war dieselbe Angst, die ich auch immer dann verspürte, wenn ich ein Manuskript zu einem festen Termin fertig haben musste: die unausweichliche Notwendigkeit, etwas Neues aus mir herauszuholen. Heute würde Nicola ankommen. Ich lag da wie unter einem Schatten.

Doch später pflanzte ich zwei Geranien in einen Blumenkasten und hängte ihn vor ihrem Zimmer an den seitlichen Zaun. Die Knospenspitzen, die zusammengerollt in ihren Blättern saßen, erinnerten mich an gespitzte Bleistifte. Ihr Rot fesselte den Blick, bevor er auf den hässlichen Zaun fallen konnte.

Zu Mittag, als ich mir gerade ein Sandwich machte, kam Bessie von nebenan herüber, indem sie sich durch eine Lücke im Zaun quetschte. Sie führte mir die neueste Variante zum Feststecken ihrer Haarspange vor, die ihr beim Herumhüpfen die Haare aus dem Gesicht hielt. Ihr lief die Nase, und ich wischte sie ihr immer wieder mit Küchenpapier ab. Der Fernseher war eingeschaltet.

»Ist das Saddam Hussein?«, fragte sie. »Was hat er eigentlich gemacht, Granny, dass er so ein Böser geworden ist?«

Ich erklärte ihr, was ein Tyrann sei. Wir fingen an, zu philosophieren. Sie setzte mir auseinander, dass viele Menschen auf der Welt sehr arm seien. Dann erläuterte sie mir, während sie das Schüsselchen mit Joghurt und Nüssen auslöffelte, das ich ihr hingestellt hatte, dass sich die Tage voneinander unterschieden.

»Manche sind schön«, sagte sie, »aber manche sind auch doof. Ich weiß nicht, warum. Kann ich mit zum Flughafen? Ich möchte Nicola sagen, dass ich schon fünfeinhalb bin. Da wird sie bestimmt staunen.«

*

Wir kamen viel zu früh an. Die Sonne schien, die Luft war mild, wir unterhielten uns fröhlich über den Frühling. Als wir Hand in Hand auf die Lounge des Virgin-Blue-Terminals zugingen, quoll gerade eine Menschenmenge daraus hervor: Nicolas Flugzeug musste verfrüht gelandet sein. Ich fiel in Trab, zog Bessie hinter mir her und suchte unter den ankommenden Reisenden nach einer hochgewachsenen, kräftig ausschreitenden Frau mit vorzeitig weiß gewordenen Haaren. Wir wären fast über sie gestolpert, ehe ich sie erkannte. Sie wankte im Menschengedränge heran, tatterig wie eine uralte Frau, zwergenhaft klein neben einem überforderten jungen Mann, der ihre indische Stofftasche über der Schulter hängen hatte. Bessie klammerte sich fester an meine Hand.

»Hallo, ihr Lieben«, sagte Nicola. Sie versuchte unbekümmert zu wirken, aber ihre Stimme war rau und fadendünn. »Das hier ist mein neuer Freund Gavin. Er war so hilfsbereit!«

Gavin übergab mir die Tasche, brummelte einen Abschiedsgruß und strebte dem Ausgang entgegen. Ich nahm Nicola am Arm und führte sie zu einer Reihe von Schalensitzen. Sie ließ sich gleich auf den ersten fallen. Bessie drückte sich fester an mich und starrte an mir vorbei mit einer Mischung aus Faszination und Entsetzen auf Nicola.

»Prima«, sagte ich fröhlich. »Setzen wir uns doch erst mal einen Augenblick hierher, damit wir uns ein bisschen sammeln können.«

Aber Nicola konnte nicht einmal aufrecht sitzen. Ihr Rücken war tief gebeugt, ihr Hals reckte sich angestrengt vor wie unter einer schweren Last. Sie war völlig abgemagert und zitterte von Kopf bis Fuß, als wäre sie zu lange mit dem Surfbrett draußen gewesen.

»Bessie«, sagte ich. »Hör mal zu, mein Liebling. Siehst du die Dame dort drüben, an dem Schalter? Dort, hinter den Toiletten? Ich möchte gern, dass du zu ihr hingehst und ihr sagst, dass wir einen Rollstuhl brauchen. Jetzt gleich. Du bist doch schon ein großes Mädchen, machst du das?«

Sie sah mich eine Weile an. »Aber wenn sie am Flughafen vielleicht gar keine Rollstühle haben?«

»Bess. Du musst uns jetzt helfen.«

Nicola wandte sich ihr mit einem Lächeln zu, das früher bildschön und warmherzig gewesen wäre, jetzt aber nur wie ein Riss im Gesicht wirkte.

»Aber ich will nicht ohne dich gehen«, sagte Bessie mit schriller Stimme.

»Also gut. Du bleibst hier bei Nicola, und ich gehe.«

»Granny.« Bessie klammerte sich mit beiden Händen an mich.

»Wir brauchen unbedingt einen Rollstuhl. Geh jetzt zu dieser Dame und frag sie. Sonst weiß ich nicht, wie wir nach Hause kommen sollen.«

Ich schob sie von mir weg. Sie überquerte den Teppichboden der Halle mit steifen, förmlichen Schrittchen. Ich sah, wie sie sich auf die Zehenspitzen stellte und über den Rand des Schalters zu schauen versuchte. Ich sah, wie die Frau in Uniform sich zu ihr hinunterbeugte, mit dem Blick ihrem ausgestreckten Finger folgte und sich dann umdrehte, um etwas nach hinten zu rufen.

*

Als wir ankamen, sah das Haus immer noch aus, als wäre der Frühling angebrochen: die Fenster alle offen, die Zimmer von feuchtwarmer Luft erfüllt. Nicola hinkte an meinem Arm durch die Diele, während Bessie mit ihrer Tasche vorausrannte. Wir brachten sie ins Gästezimmer, und sie setzte sich zitternd auf die Bettkante. Ich schloss schnell das Fenster und schaltete die Ölheizung an. Nein danke – sie wolle nichts essen, nichts trinken, sich nicht waschen, nicht auf die Toilette gehen. Sie schwieg. Sie ließ den Kopf tief hängen, als fände auf ihrem Schoß ein winzig kleines, faszinierendes Schauspiel statt. Ich rannte in die Küche und stellte den Wassertopf auf den Herd, um ihr eine Wärmflasche zu machen. Bessie stand an der Hintertür herum.

»Geh heim, mein Liebling. Ich kann jetzt nicht mit dir spielen. Geh heim.«

Sie sah mich finster an und stapfte davon, über den Wiesenweg bis zu der Lücke im Zaun, wo sie noch einmal stehen blieb und mir einen Blick über die Schulter zuwarf, gerade lange genug, dass ich ihre perlweiße Haut und den lebendigen Glanz auf ihrer schmollend vorgeschobenen Unterlippe sah.

Im Gästezimmer tröpfelte und klickerte das Öl im Heizkörper. Ich hockte mich vor Nicola und zog ihr die weichen Stoffschuhe aus. Die Haut an ihren nackten Füßen sah fleckig aus und fühlte sich eiskalt an; die Knöchel waren von einem Netz blauer Adern überzogen. Ich zog ihr die Jeans aus. Sie trug niemals Unterhosen, auch heute nicht. Ich machte ihre Tasche auf. Die paar Kleidungsstücke, die sie hineingestopft hatte – eine Wolljacke, ein ausgeblichenes rosa Flanellnachthemd, ein übergroßes T-Shirt aus Hanf –, waren schmutzig, ungepflegt und voller Löcher, wie die Habseligkeiten eines Flüchtlings. *Niemand kümmert sich um sie. Sie ist schon verloren.*

»Komm«, sagte ich. »Jetzt ziehen wir dir das Nachthemd an.« Wie ein Kind hob sie beide Arme. Ich zog ihr den abgetragenen Kaschmirpullover und den Fetzen von Unterhemd aus. Ich hoffte, unbekümmerte Gelassenheit zu zeigen, doch als ich den Langzeitvenenkatheter wie einen umgedrehten Flaschenhals in der Nähe des Schlüsselbeins unter ihrer Haut hervortreten sah, muss ich doch nach Luft geschnappt haben, denn sie flüsterte krächzend: »Tut mir leid, Hel. Es ist grauenhaft. Tut mir schrecklich leid.«

Ich gab tröstende, aufbauende Laute von mir, steckte ihre Arme nacheinander in die Ärmel und zog das fadenscheinige Nachthemd nach unten, um sie zu verhüllen. Sie fand keine Stellung, in der sie ohne Schmerzen liegen konnte.

Als die beiden Wärmflaschen fertig waren, brachte ich ihr eine zweite Daunendecke, meine dicke für den Winter. Ich hüllte sie ein, ich wickelte sie ganz eng hinein, ich legte mich Bauch an Rücken hinter sie und nahm sie fest in die Arme. Wie von Elektroschocks wurde sie von unaufhörlichen Schauern überlaufen. Nichts konnte sie wärmen.

Aber allmählich beherrschte der Heizkörper doch das Zimmer. Nach einiger Zeit schien sie sich zu entspannen und einzunicken. Ich begann zu schwitzen. Ich glitt vorsichtig hinter ihr aus dem Bett, drehte die Lamellen der Jalousie auf dunkel und verließ das Zimmer auf Zehenspitzen.

Seit wann ging es ihr so schlecht? Warum hatte mich niemand darauf vorbereitet? Aber wer? Sie war eine unabhängige Frau, ohne Ehemann oder Kinder. Niemand fühlte sich für sie verantwortlich. Ich ließ eine Gemüsesuppe vor sich hin köcheln, falls sie beim Aufwachen Hunger verspüren sollte, dann suchte ich im Telefonbuch von Sydney nach der Nummer ihrer Nichte Iris und rief sie an. Ein Rollstuhl? Oh nein – das sei etwas *völlig* Neues. Könne das nicht einfach durch den anstrengenden Flug gekommen sein? Großer Gott. Wir sollten unbedingt in Kontakt bleiben – hier ihre E-Mail-Adresse. Iris und ihr Freund Gab könnten herkommen, aber erst am übernächsten Wochenende – die Schule, an der sie unterrichtete, gebe ihr kein weiteres Mal frei. Falls mir das alles zu viel werde, würden sie sie wieder zu sich nehmen.

Mir zu viel werden? Mein Stolz war angestachelt. In Krisenzeiten war ich im Allgemeinen durchaus zu gebrauchen.

An der Hintertür war ein Geräusch zu hören. Bessie schlüpfte strahlend in die Küche, in einem bodenlangen Rock mit Volants und einem Fransenschal.

»Nein, mein Spätzchen – tut mir leid. Jetzt nicht.«

Ihr Lächeln verschwand. »Aber ich muss dir einen neuen Tanz zeigen.«

»Nicola schläft. Sie braucht absolute Ruhe im ganzen Haus, weil sie schrecklich krank ist.«

Sie sah mich aufmerksam und voller Interesse an. »Muss Nicola sterben?«

»Wahrscheinlich.«

»Heute Abend?«

»Nein.«

Sie begann am Türknopf zu drehen und wand sich schmollend. »Du musst aber mit mir spielen. Mir ist langweilig.«

»Versuch jetzt nicht, deinen Kopf durchzusetzen, Bessie. Du hast mich schon verstanden.«

»Wenn du mich nicht reinlässt, werd ich nicht mehr aufhören können zu weinen.«

»Geh heim. Komm morgen früh wieder, wenn sie wach ist.«

»Es ist doch noch gar nicht Bettgehzeit!«

»Sie schläft aber.«

»Wenn du mich nicht reinlässt, wein ich noch viel mehr. Ich werd ganz arg böse und mach's dann nur noch schlimmer.«

Ich schob meinen Stuhl zurück. Seine Beine quietschten über die Holzdielen, und sie lief davon. Ihre Flamenco-Absätze klapperten über das Ziegelsteinpflaster, und sie verschwand hinter dem Rucolabeet.

Ich blieb auf der hinteren Veranda stehen. Weiter hinten im Hof, hinter den schulterhoch gewachsenen dicken Bohnen mit ihren schwarz-weißen Blüten, lag ein kleiner Butternutkürbis auf dem Fensterbrett des Schuppens in der Nachmittagssonne. Von beiden Parteien vergessen, ruhte er da schon seit Monaten. Falls er noch nicht vertrocknet war, könnte ich ihn in die Suppe schneiden. Ich wartete, bis ich Bessie die Hintertür zuschlagen hörte, dann stahl ich mich nach draußen und nahm den Kürbis vom Fensterbrett. Er war verdächtig leicht. Ich legte ihn auf das Schneidebrett und stieß die Spitze eines schweren Messers in seine blassgelbe Schale. Puff. Die Schneide glitt gleich ganz durch. Der Kürbis zerfiel in zwei Hälften. Sein Fleisch war blass und faserig und kaum fester als Staub. Ich hackte ihn in Stücke und ließ sie in den Komposteimer gleiten.

Die Nacht, die dann kam, war sehr lang. Ich wachte oft auf. Einmal hörte ich das leise Geplätscher von Regen. Ich schob die Leisten der Jalousie auseinander. Auf der anderen Straßenseite brannte ein einsames Licht im oberen Stockwerk: mein Kamerad, der immer wache Fremde.

Gegen vier schlich ich durch die Diele und blieb vor Nicolas geschlossener Tür stehen: Sie atmete langsam und regelmäßig, aber rau und sehr laut.

Das erinnerte mich an das rasselnde Geräusch, das meiner Schwester Madeleine aus der Kehle gedrungen war, zehn Minuten bevor sie starb. »Horch«, sagte ich zu ihrem Sohn, der mit roten Augen an ihrem Bett saß und die Ellbogen auf die Knie gestützt hatte. »Sie röchelt. Sie wird bald sterben.«

»Ach wo«, sagte er, »das ist nur ein bisschen Schleim, und sie ist zu schwach, um ihn abzuhusten.«

In der Küche schaltete ich das Licht an. Auf der Bank lag eine Banane. Irgendwer hatte angefangen, sie zu schälen, die Hälfte gegessen und dann keine Lust mehr darauf gehabt. Der Rest lag verlassen in seiner abgelösten, fleckigen Schale.

DIE RÜCKSEITE meines Hauses zeigte nach Süden, aber im Dachgiebel war oben ein dreieckiges Fenster eingesetzt, so dass Licht von Norden in die Küche flutete. Ich stand gerade in einem Sonnenfleck, als Nicola in der Tür erschien. Ich blickte auf, in sofortiger Bereitschaft, zu ihr zu eilen. Ihr Haar sah feucht aus und lag dicht am Schädel an. Ihr Nachthemd war dunkel vor Nässe und klebte am Körper. Aber sie hatte die Schultern zurückgenommen, hielt den Kopf aufrecht und lächelte, lächelte, lächelte.

»Hallo, meine Liebste!«, flötete sie in ihrem aristokratischen Ton. »Was für ein wunderbarer Morgen! Oh, da liegt ja noch diese Banane. Die könnte ich doch gleich zum Frühstück essen. Wie hast du geschlafen?«

Mir blieb der Mund offen stehen. »Wie hast *du* denn geschlafen?«

»Ach, es ging ganz gut, nachdem ich erst mal eingeschlafen war. Um ehrlich zu sein, ich habe vielleicht ein bisschen geschwitzt. Ich lass die Bettwäsche gleich mal in deiner Maschine durchlaufen.«

Sie schlenderte herein und nahm Platz auf einem Stuhl mir gegenüber an der Arbeitsplatte. Meine Güte, was war sie doch für eine gut aussehende Frau! Sie hatte die hohen Jochbeine, die gerade Nase und die lange, bewegliche Oberlippe einer Patrizierin: dabei war sie die Tochter eines Siedlers.

»Mein Gott, war das ein Flug«, sagte sie. »Ich hatte eine Familie mit vier Kindern in der Reihe hinter mir, und die haben sich den ganzen Flug über bis nach Melbourne darüber gestritten, wer neben der Mutter sitzen darf.« Sie ahmte ein schrilles Gequengel nach. »Ich will bei dir sitzen, Mami. Kümmere dich jetzt mal um mich, Mami. Ich lieb dich nicht mehr, Mami. Ich mag dich nicht mal mehr. Ich kann dich überhaupt nicht ausstehen, Mama!«

Sie warf sich ihren roten Wollschal um die Schultern, hob das Kinn und funkelte mich an, als würden wir uns gerade im Gin Palace zu einem Martini und einem Plauderstündchen niederlassen.

»So«, sagte sie. »Wo hast du dein Telefon? Professor Theodore hat mir nämlich aufgetragen, ihn unbedingt heute gleich als Erstes anzurufen.«

»Wer ist das denn?«

»Das ist der ganz große Guru«, sagte sie bedeutungsvoll. »Das ganze Unternehmen hat sich aus seinen Theorien entwickelt. Er muss aber am Freitag ins Ausland – deswegen hat er darauf bestanden, dass ich eine Woche früher herkomme. Er legt großen Wert darauf, mich gleich heute früh selber zu untersuchen, bevor ich mit der Behandlung anfange.«

Ich reichte ihr das schnurlose Telefon, ging ins Bad und schloss die Tür. Ich hörte sie noch ihren typischen Telefontonfall anschlagen, obwohl ich die Worte nicht verstand: in aller Unschuld gebieterisch, aber durch eine vertrauliche Note gemildert, dazu ein überschäumendes, unaufhörliches Lachen. Die würden ihr dort bestimmt aus der Hand fressen. Ich drehte die Dusche auf.

Als ich, in mein Handtuch gewickelt, herauskam, saß sie auf dem Stuhl, das schwarze Telefon im Schoß. Ihre Wangen oder das, was von ihnen geblieben war, sahen eingefallen aus.

»Er ist schon fort.«

»Wie bitte?«

»Nach China. Sie haben gesagt, er ist gestern geflogen.« Ein heftiges Beben lief mir die Arme hinunter und brodelte in den Fingerspitzen auf. Ich schloss die Augen. Als ich sie wieder aufmachte, war ihr Lächeln wieder da.

»Aber das ist schon in Ordnung. Sie haben gesagt, ich solle trotzdem kommen. Mich wird eben ein anderer Doktor untersuchen. Um vier Uhr.«

»Ich begleite dich.«

»Oh nein, Liebste – ich nehme den Zug. Du musst mir nur zeigen, in welcher Richtung der Bahnhof liegt.«

»Du bist absolut nicht in der Verfassung, zum Bahnhof zu laufen.«

»Aber natürlich! Schau mich doch an!« Sie breitete die Arme aus. Der dunkelrote Schal lag überaus vorteilhaft um sie herumdrapiert.

»Und was war gestern? Ich wusste überhaupt nicht, was ich machen sollte. Du konntest kaum einen Fuß vor den anderen setzen.«

»Ach Hel! Hab ich dich erschreckt?« Sie lachte ungestüm. »Du brauchst dir keine Sorgen zu machen, wenn ich dieses Zittern kriege. Das ist nur so ein Nebeneffekt von dem Vitamin C, das bei mir das Gift austreibt.«

»Soll das heißen, dass du gestern noch Vitamin C bekommen hast? Bevor du zum Flughafen gefahren bist?«

Sie nickte mit verbissenem Lächeln, die Lippen geschlossen und die Brauen bis auf die Stirn hochgezogen.

»Mein Gott, Nicola – ist das immer so brutal?«

»Das war noch gar nichts. Du hättest mich beim ersten Mal sehen sollen. Ich hatte am Nachmittag einen Termin in einer Klinik an der Nordküste. Dort haben sie mir einen ganzen Beutel voll reingepumpt. Danach war ich ganz schön fertig. Ich hätte mich eine Weile hinlegen müssen. Aber es war schon fünf Uhr, und die wollten schließen. Sie haben gesagt, ich solle heimfahren. Ich kam noch bis zum Auto, aber mir war klar, dass ich nicht fahren konnte. Ich sah ja fast nichts. Mir war so schlecht, dass ich nur noch auf den Rücksitz krabbeln und mich hinlegen konnte. Ich dachte, das Zittern würde vielleicht aufhören, wenn ich ruhig und bewusst atmete. Aber es wurde immer schlimmer. Am Ende hab ich mich doch ans Steuer gesetzt und bin heimgefahren.«

»Von der Nordküste bis nach Elizabeth Bay? Im Stoßverkehr? Da bist du gefahren?«

Sie zuckte die Schultern. »Ich musste. Iris war ziemlich von den Socken, als ich zu ihr hineingestolpert kam.«

Sie griff nach dem Stück Banane, nahm einen kleinen Bissen und begann ihn sorgfältig zu kauen, nur mit den Schneidezähnen, ganz vorn im Mund.

»Hast du entzündetes Zahnfleisch?«

»Sie haben mir ein paar Backenzähne gezogen.«

»Lass mal sehen.«

Sie schluckte den Bissen Banane hinunter und machte den Mund weit auf. Ich beugte mich über die Arbeitsplatte, stützte mich auf die Ellbogen und schaute hinein. Ihre Zunge zitterte vor Anstrengung, flach liegen zu bleiben. Auf beiden Seiten klaffte ungefähr in der Mitte ein rosiges, schwammiges Loch. Ganz tief drinnen sah ich etwas Weißes hervorlugen.

»Ist das Eiter? Hast du eine Entzündung?«

»Nein, Liebste«, sagte sie und wischte sich die Lippen mit einer Serviette ab. »Das ist einfach der Knochen. Das Zahnfleisch ist über den Löchern nicht mehr zugewachsen. Ich kann nur noch mit den Vorderzähnen kauen, wie ein Kaninchen.« Sie lachte.

»Aber heilt das noch zu? Hat man dir gesagt, dass das heilt?«

»Schau mich doch an, Schätzchen. Mitte nächster Woche, sobald das Theodore Institut seine Arbeit aufgenommen hat, werde ich diese ganze verdammte Geschichte in ihr Gegenteil verkehrt haben. Dann ist der Krebs auf der Flucht.«

Wieder das helle Lachen, das Augenzwinkern, die Brauen bis zum Haaransatz hochgezogen. Ich konnte ihr nicht in die Augen sehen. Ich wandte mich ab und schaute durch die Scheiben der Hintertür in den Hof hinaus. Ein Streifen Stoff mit Fransen schoss gerade über den Weg hinter den dicken Bohnen. Oh nein. Flamenco-Schuhe trappelten über die Ziegelsteine, donnerten über die Veranda. Die Hintertür flog auf.

»Da bin ich! Kann die Vorstellung losgehen?«

Nicola konnte den Kopf nicht drehen. Sie musste sich mit dem ganzen Körper umwenden. »Was ist denn das für eine hinreißende Señorita?«

Bessie bog sich in den Hüften zurück und hob die Arme zu einem hohen Bogen über den Kopf. Die blutrote Kapuzinerkresseblüte, die sie sich in ihren Haargummi gesteckt hatte, zitterte, der saftige Stängel hing schon schlaff an ihrem Pferdeschwanz herunter. Sie bog die Handgelenke und begann, die Hände umeinander kreisen zu lassen. Ihre Fingernägel waren schmutzig, ihre Handflächen voll dicker Schwielen von den Kletterstangen im Schulhof. Sie runzelte die Stirn, um ein herausfordernd hochmütiges Gesicht zu machen, und kam auf uns zu, wobei sie bei jedem Schritt die Stofffülle ihres Rocks zur Seite warf.

Nicola rutschte auf ihrem Stuhl nach hinten. »Halt. Was hast du denn da auf der Lippe?«

Bessie ließ die Arme sinken und wischte sich mit dem Handrücken die Nase. Das hinterließ eine glitzernde Spur auf ihrer Wange.

»Oh Mist.« Nicola erhob sich von ihrem Stuhl und ging rückwärts hinaus. »Es tut mir leid, meine Süße, aber du kannst hier nicht reinkommen, wenn du erkältet bist. Ich habe überhaupt keine Abwehrkräfte mehr. Helen, du musst sie nach Hause schicken.« Sie schlurfte, so schnell sie konnte, durch die Diele in das Gästezimmer und zog die Tür hinter sich zu.

Ich nahm einen Bleistift und holte tief Luft, um die Blutwerte und das Immunsystem zu erklären, aber Bessie fragte gar nicht. Sie stand mit hängenden Armen mitten in der Küche. Ihr Gesicht war fassungslos. Ich hörte, wie unser Nachbar, der auf der anderen Seite der Hintergasse wohnte, die Autotür zuschlug und davonfuhr. Sofort begann sein Hund wie jeden Tag sein unaufhörliches Bellen und Winseln. Unsere Nerven hatten sich inzwischen an diesen ermüdenden Lärm gewöhnt, und wir kamen gar nicht mehr auf die Idee, uns zu beschweren, aber vielleicht wehte der Wind heute Morgen aus einer ungewöhnlichen Richtung, denn die schrillen Töne drangen über den Zaun direkt in unseren Hinterhof und erfüllten die sonnige Luft mit Klagen.

Nicola wollte, dass ich sie an diesem Nachmittag zum Bahnhof begleitete und ihr das Fahrkartensystem erklärte, damit sie jeden Tag selbstständig zur Klinik fahren könne, aber das war ja heute ihre erste Besprechung mit diesen neuen Leuten, und ich hatte schon oft gehört, dass man in einer solchen Situation einen vertrauten Menschen bei sich haben müsse, der weniger verstört war als man selber und auch nicht taub vor Angst; der verstand, was der Arzt sagte, und sich hinterher auch noch daran erinnern konnte. All das erwähnte ich natürlich nicht. Ich überredete sie, sich von mir in die Stadt fahren zu lassen, nur dieses eine

Mal, damit ich ihr den unkompliziertesten und schönsten Weg dorthin zeigen könne.

Wir parkten unter dem Hyatt und schlenderten die Collins Street entlang. Die Platanen streiften mit ihren frischen Blättern die Fassaden der altmodischen Häuser. Max Mara und Zambesi, Ermenegildo Zegna und Bang & Olufson schenkten wir keine Beachtung. Sie versuchte, sich einen Überblick zu verschaffen, was es hier an Saftbars und Cafés gab. Sonnenschirme flatterten über den auf dem Pflaster aufgestellten Tischen. Große Karossen vom Lande erregten Aufsehen vor dem *Lion King*. Die klingelnden Straßenbahnen auf der Swanston Street entzückten sie. Ich sah die Schönheit meiner Stadt und war stolz, dass sie sie auch sah.

Wir bogen in die kühle Schlucht der Flinders Lane ein. Sie zog das Gummiband von ihrem alten Filofax, das aus allen Nähten quoll, und suchte die Hausnummer heraus. »Hier ist es.«

Es war ein altes Haus, groß, quadratisch und stattlich, so ähnlich wie die Sparbüchsen, die wir als Kinder gehabt hatten und die wie eine Bank aussahen, aber seiner Front zur Straße hin hatten sich schillernde Discountläden und Fast-Food-Ketten bemächtigt: der weiß geflieste Eingangsbereich sah schäbig aus, und seine großen Spiegel waren fleckig und verschrammt. Wie es Frauen über sechzig lernen, mieden wir unser Spiegelbild und gingen geradewegs auf die mit einer Glasscheibe geschützte Liste der Mieter zu: neun Stockwerke voller Menschen, die alle einem bescheidenen, ehrbaren Gewerbe nachgingen – Knopfhersteller, Brautmodenschneiderinnen, Modistinnen. Das Theodore Institute: oberstes Stockwerk. Wir spähten durch das Gitter in den riesigen Aufzugschacht mit seinen schwingenden Kabeln. Nicola machte ein besorgtes Gesicht. Als der altertümliche Käfig mit uns aufwärtsrasselte, empfand ich eine allzu große Nähe zu etwas ganz Verletzlichem in ihr, zu etwas, das ich mit meiner Skepsis hätte verderben können.

»Das ist hier fast, als würden wir den Faraway Tree hinaufsteigen«, sagte ich. »Ich bin gespannt, was für ein Land wir da oben finden werden?«

Sie schenkte mir ein winziges dankbares Lächeln und senkte den Blick wieder zu Boden. Ich dachte: ich bring jeden um, der dir auch nur ein Haar krümmt. Ich reiß ihn in Stücke. Ich sorge dafür, dass er sich wünscht, er wäre nie geboren. *Allmächtiger Gott*, dachte ich, *der du in unser aller Herzen siehst.* Der Aufzug hielt mit einem Ruck. Es war Punkt vier Uhr. Die Tür glitt auf, und wir traten hinaus.

Der Gang war eng und dunkel. An jeder Tür befand sich auf Augenhöhe eine Milchglasscheibe. Ein Zimmer stand offen: als wir vorbeigingen, sahen wir ein Mädchen, das den Kopf über eine Näharbeit beugte, während aus einem Radio neben ihr Tom Waits krächzte.

Wir fanden das Theodore Institute am hinteren Ende des Gangs. Ein leerer Rollstuhl blockierte den Eingang. Die Tür war verschlossen. Wir drückten auf die Klingel. Keine Reaktion, obwohl ich eine leise Bewegung zu hören meinte. Ich senkte meinen Blick auf den Briefkastenschlitz aus Messing. Da summte neben uns ein Türöffner, und die Tür schwang auf. Ich hielt mich hinter Nicola, die als Erste eintrat.

Der Raum drinnen war in einem seltsamen Gelb gestrichen, einem Farbton, der wie kontrollierte Panik aussah. Vertrocknete Osterglocken standen in einer Vase auf dem Empfangsschalter, hinter dem eine Angestellte aufgeregt auf einem Computer herumtippte. Ein paar Leute saßen auf Klappstühlen aufgereiht, mit dem Rücken zu einer leeren Wand. Eine ausgemergelte Frau, der ein Bein fehlte, saß mit gefalteten Händen da, die Augen niedergeschlagen. Eine andere mühte sich ab, einen hellen, metallisch glänzenden Schal durch die Ösen der kleinen schwarzen Toque zu fädeln, die sie auf ihrem kahlen Kopf trug. Ich nahm mir einen Stuhl, während Nicola sich an den Empfangsschalter begab.

Die Frau mit der Toque sah mich an und lächelte. »Ich heiße Marj. Das hier ist mein Mann Vin. Wir sind bis von Broken Hill hierhergekommen.« Wir gaben uns die Hand. Vin war ein großer Mann mit langsamen Bewegungen, in Shorts und sorgfältig hochgezogenen weißen Socken. Marj zog und schob weiter an dem Schal herum.

»Ihr Hut gefällt mir«, sagte ich. »Er ist sehr elegant.«

»Na ja«, sagte sie mit unbekümmerter Fröhlichkeit, »wenn man schon abtreten muss, dann kann man doch auch einen glanzvollen Abgang machen.«

Wir lachten alle außer der einbeinigen Frau, die die Augen nicht von dem, was von ihrem Schoß noch übrig war, gehoben hatte. Mittlerweile war die Stimme der Angestellten zu hören, einer unschönen, braunhaarigen jungen Frau mit einem hoch am Hinterkopf sitzenden Pferdeschwanz, die sich als Colette vorgestellt hatte und jetzt am Schalter auf Nicola einredete.

»Ich weiß schon, dass das für Sie eine Enttäuschung ist, aber Professor Theodore musste ganz plötzlich nach China! Und er kommt erst nächste Woche zurück. Machen Sie sich aber trotzdem keine Sorgen, denn wir haben noch einen anderen Arzt. Er kommt normalerweise nur freitags, um eine Krankenvorstellung zu machen, aber diese Woche ist er schon am Montag da. Und er wird Sie sich anschauen!«

Ich sah, dass Nicola nickte und nickte und sich dabei mit zitternden Unterarmen auf den Schalter stützte.

»Was macht Professor Theodore denn überhaupt in China?«, rief ich von meinem Metallstuhl aus. »Er wollte Nicola nämlich unbedingt untersuchen, bevor sie mit dem Programm anfängt. Hätte er sie nicht informieren können, dass er seine Pläne geändert hat?«

Ich versuchte, höflich und selbstsicher zu klingen, aber die Stimmung im Raum wurde sofort steif, und es entstand ein ungemütliches Schweigen.

Colette sprach jetzt eine Oktave tiefer. »Oh«, murmelte sie, »er hat da eine sehr wichtige internationale Konferenz.« Sie machte ein würdevolles, aber doch auch etwas ängstliches Gesicht. Dazu breitete sie die Hände aus und hob die Schultern und die Augenbrauen: die Verpflichtungen ihres Arbeitgebers, dieses Halbgottes, überstiegen ihren Horizont. Niemand sah mich an. Nicola, die Kreditkarte in der Hand, wandte mir weiterhin den Rücken zu. Ich gab auf, aber mir schlug das Herz bis in den Hals hinauf.

Bis Nicola ein umfangreiches Formular ausgefüllt und zweitausend Dollar für die Behandlung der ersten Woche hingeblättert hatte, war es schon nach fünf. »In einer halben Stunde kommen Sie dran!«, rief Colette. Wir setzten uns und warteten. In den Zimmern hinter dem Eingangsbereich nahmen wir eine Bewegung wahr und hörten Stimmen. Ein-, zweimal steckte ein pausbäckiger Mann mit einer buschigen Frisur den Kopf zur Tür herein und schenkte den stumpf Wartenden ein huldvolles Lächeln. Kam uns das nur so vor, oder war die Luft in dieser Klinik ganz leicht von einem angenehmen Geruch erfüllt? Einem undefinierbaren Duft nach Natur oder sogar nach unserer fernen Kindheit? War das der Geruch des Sommers? Wir hätten es nicht sagen können.

Nicola verschränkte ihre langen Beine im Yogasitz unter sich und schlug einen Roman von Alexander McCall Smith auf, den sie klugerweise mitgebracht hatte. Ich blätterte schweigend in ein paar zerfledderten alten Nummern der *New Weekly* und suchte nach amüsanten Berichten über verpfuschte Schönheitsoperationen. Früher hätten wir uns zusammen totgelacht über eine der Formen, die *Forellenmund* hieß. Aber in meiner augenblicklichen Wut und Angst behielt ich das für mich.

In einer Ecke standen ein Wasserspender und aufgestapelte Plastikbecher, aber es gab nichts zu essen. Wir waren gar nicht auf den Gedanken gekommen, uns etwas mitzubringen. Marj und Vin teilten sich ein in Alufolie eingewickeltes Sandwich. Um sechs fuhr ich mit dem Aufzug zur Straße hinunter. In der Abendsonne strömten noch immer die Arbeiter durch die Swanston Street zum Bahnhof. Ich kaufte zwei Flaschen Fruchtsaft an einer Sandwichbar.

Als ich zurückkam, war die Atmosphäre demütiger Geduld noch völlig unverändert. Ich drückte Nicola eine Flasche in die Hand, und sie trank sie gierig aus.

Um halb sieben bewegte sich Marj aus Broken Hill auf ihrem Stuhl, beugte sich vor und begann zu husten. Ein trockener, harter, abgehackter Husten erschütterte sie, und nach jedem Anfall rang sie heftig nach Atem. Sie spuckte ihren Auswurf diskret in ein Papiertaschentuch und steckte es in eine Plastiktüte. Niemand sprach. Wir warteten jetzt schon seit fast drei Stunden.

Kurz vor sieben kam Colette aus einem weiter hinten gelegenen Zimmer geschossen und verkündete freudig: »Alle mal herhören! Um sieben haben wir eine Krankenvorstellung. Und danach nimmt Dr. Tuckey Sie dran, Nicola.«

Endlich kam Dr. Tuckey in den Eingangsbereich geschlendert. Wir hoben unseren müden Blick zu ihm auf.

Sein Gesicht, das zeigte, dass er auf seinem Selbstwertgefühl nur so dahinsegelte, wirkte eigentümlich entwaffnend.

»Diese Woche ist die halbe Mannschaft nicht da«, murmelte er, »das heißt, wir haben hier ein ziemliches Chaos.« Ich hob die Hand. »Können Sie uns sagen, wie sich die Abwesenheit Professor Theodores auf die Termine dieser Woche auswirken wird?«

Die anderen Patienten drehten sich matt nach mir um, danach mieden sie meinen Blick.

Der Doktor sah mir direkt in die Augen, wirkte dabei aber fast unsicher. »Meinen Sie, auf die, äh, Qualität der Behandlung?«, fragte er.

»Nein«, sagte ich. »Ich meine, wird das alles hier jetzt besser organisiert werden als heute? Wir müssen uns ja die Zeit einteilen können. Damit ich einerseits meine Freundin jeden Tag früh herbringen und am Nachmittag wieder abholen kann. Und außerdem imstande bin, unser Leben außerhalb dieser Zeit in einer halbwegs vernünftigen Art und Weise auf die Reihe zu kriegen.«

Vin aus Broken Hill warf mir einen Blick zu, in dem ich ein kleines bisschen Solidarität zu mir herüberfließen zu spüren vermeinte. Er glaubte also auch nicht an diese Quacksalberei. Doch er musste so tun, weil seine Frau verzweifelt war und er sie liebte. Tuckey murmelte etwas Beschwichtigendes, das wiederum fast wie eine Entschuldigung klang. Und wieder hatte ich heftiges Herzklopfen. Ich wurde rot. Nicola sah mich freundlich an und schaute dann wieder weg. Mir wurde klar, dass sie sich meiner schämte. So hielt ich den Mund.

Der Arzt stellte eine Leinwand vor die Wand, öffnete auf dem Empfangsschalter einen Laptop und stellte sich daneben, einen Ellbogen aufgestützt. Ohne dass man uns darum bitten musste, rückten wir alle unsere Stühle so, dass wir besser sehen konnten. Irgendjemand seufzte. Der Arzt drückte auf einen Knopf, und es erschien der Titel seiner Rede: »Krebs und seine Behandlungsmethoden«. Ich wagte Nicola nicht anzusehen: nicht, weil ich Angst hatte, dass sie lachen würde, sondern weil ich Angst hatte, dass sie nicht lachen würde.

»Ich werde Ihnen jetzt«, sagte Dr. Tuckey, »unsere zentralen Therapien zur Bekämpfung von Krebs erläutern. Sie wissen vielleicht, dass ein Krake mit seinen Tentakeln einen großen Stein zerbrechen kann? Also, genau so ist das mit einer Krebszelle.«

Meinte er damit, dass die Krebszelle wie der Krake sei oder wie der Stein? In der Art, wie der Doktor alle seine Punkte der Reihe nach abhandelte, wirkte er bescheiden und liebenswürdig, fast beruhigend. Alles an ihm war schwammig und irgendwie wehrlos: man konnte ihn nicht hassen. Doch sein Vortrag wirkte sehr einschläfernd. Ich schweifte ab und versuchte, mich immer wieder zur Aufmerksamkeit zu zwingen. Ich war müde. Ich hatte Hunger. Meine Konzentration kam und ging. Ein-, zweimal döste ich sogar ein. Dafür war jetzt nicht der richtige Zeitpunkt. Ich schob meinen Stuhl ein Stück zurück und zog Notizbuch und Stift aus der Tasche.

»Stress«, sagte er gerade, »ist in unserer Gesellschaft die häufigste Ursache für Krebs. Der Stress macht uns verwundbar für alle möglichen Hinterhältigkeiten, die in unserem Körper lauern.«

Das war ja nun nicht gerade etwas Neues. Meine Gedanken schweiften ab zu meiner Schwester Madeleine mit ihrem unendlichen Kummer und Zorn, nachdem ihr Mann beim Surfen ertrunken war: wie sie gnadenlos die manipulative Kraft ihres Leides ausspielte. Zehn Jahre später fand man in ihrer Lunge ein unheilbares Karzinom. Sie nahm ihr

Todesurteil ruhig und ohne Aufbegehren hin; vielleicht war es ihr sogar willkommen, wie wir in heiliger Scheu dachten. Sie kämpfte nicht dagegen an. Sie ließ sich von uns umsorgen. Wir pflegten sie. Nach nicht einmal einem Jahr, in dem die ganze Familie um sie gewesen war, legte sie ihr Strickzeug beiseite und starb, in ihrem eigenen Zuhause, in dem Bett, das sie mit ihrem Gatten geteilt hatte, und vor dem Fenster standen die schön gewachsenen Bäume, die sie beide zusammen gepflanzt hatten, blattlos in der spätwinterlichen Luft.

»Wenn jemand vom Blitz getroffen wird«, sagte der Doktor gerade, »und es überlebt – dann schrumpft der Krebs und verschwindet.«

Ich warf einen verstohlenen Blick auf die anderen Zuhörer. Niemand schien das abwegig zu finden.

»Eine Spalte im Boden unter Ihrem Haus kann das elektromagnetische Feld stören. In Deutschland hat man festgestellt, dass ziemlich viele Krebsopfer tatsächlich auf solch einer Spalte wohnen.«

Einer Spalte? Hatte ich nicht in den siebziger Jahren einmal etwas darüber gelesen? Über Leute, bei denen das Wohnzimmer plötzlich in einem stillgelegten Bergwerksschacht versank? Deren Konzertflügel in einen Abgrund rutschte und nie wieder gesehen ward? Und zu allem Überfluss bekamen sie dann auch noch Krebs?

Nicola hielt den Kopf aufmerksam vorgereckt.

»Rund um den Äquator kommen manche Arten von Krebs, wie man weiß, weitaus weniger häufig vor. Diese Resultate stammen aus einem unstrittigen wissenschaftlichen Forschungsprojekt – es wurde erst vor ein paar Monaten der Öffentlichkeit vorgestellt.«

Jetzt war ich hellwach.

»Hochdosiertes Vitamin C tötet beim Krebs die einzelnen Geschwülste ab und fördert das Immunsystem. Und unsere Behandlung mit der Ozonsauna beruht auf dem alten Ansatz, den Krebs mit Naturheilmitteln zu besiegen – indem man die Gifte ausschwitzt. Die wenigsten Ärzte kennen diese Theorien. Dabei sind sie wissenschaftlich gesichert.«

Das Kinn in die Hand gestützt, saß Nicola da, das schöne Gesicht durchdrungen von einem Ausdruck tiefsten Wohlfallens, hing dem Doktor an den Lippen und nickte und nickte.

Vin aus Broken Hill legte seiner Frau die Hand auf die Beine, die jetzt in seinem Schoß ruhten. Seine Zärtlichkeit traf mich schmerzlich. Sie beschämte mich in meinen Zweifeln und meiner Verachtung. Was wusste ich denn schon über Krebs? Vielleicht war am Ende an diesen lächerlichen Theorien doch etwas dran. Vielleicht lag darin ja die Zukunft. Vielleicht hatte Leo unrecht mit seiner Behauptung, Vitamin C könne gegen einen Tumor nichts ausrichten. Vielleicht war es tatsächlich ungerecht, dass diese Pioniere hier von den medizinischen Autoritäten scheel angesehen wurden und ihre Patienten jetzt in schäbigen Privatkliniken behandeln mussten. Doch unwillkürlich fiel mein Blick immer wieder auf den wabbelnden Fleischring, der über den Gürtel von Dr. Tuckeys Hosen hing. Seine Hemdknöpfe teilten ihn in zwei schwere Hälften. Er schien keinen sinnvollen Bezug zur restlichen Gestalt zu besitzen. Er schwabbelte den Bewegungen des Doktors immer ein wenig hinterher: er bebte und sackte herunter, eine formlose Fleischeslast.

*

An diesem ersten Abend wurde Nicola um viertel nach acht, vier Stunden nach ihrem eigentlichen Termin, zu einem Gespräch mit Dr. Tuckey gebeten.

»Komm, Hel«, sagte sie, steckte den Roman in ihre Tasche und ging auf das Zimmer zu. Ich blieb in der Tür stehen, aber Nicola zauderte nicht. Sie taumelte hinein und setzte sich auf den ersten Stuhl, den sie sah. Ich folgte ihr hastig.

Das kalte Licht einer Neonröhre fiel auf ein Bild der Unordnung, das aussah wie unmittelbar nach einer Ankunft oder vor einer Flucht. Der Boden war überall mit Pappkartons zugestellt, manche in wackeligen brusthohen Stapeln, andere aufgerissen, so dass Aktenordner daraus hervorquollen. In unsinnigen Winkeln zueinander standen leere Metallregale herum. Die Fenster waren nackt bis auf eine defekte Jalousie, die abgerissen an nur einer Schnur hing.

Der Schreibtisch, über den hinweg uns der Doktor mit einem jovialen Nicken begrüßte, war mit Elektrokabeln übersät. Er schob einen riesigen Bildschirm beiseite und machte ein wenig Platz für Nicolas Akte, die er dann mit pinguinartigen Handbewegungen immer wieder öffnete und schloss. Nicola gab einen schlüssigen Bericht über ihren Krebs ab: wie er in ihren Eingeweiden entdeckt worden sei, woher er ihrer Meinung nach komme, welche Metastasen er in ihrem Körper gebildet und welchen Behandlungsmethoden sie sich schon unterzogen habe. Dr. Tuckey hörte zu und gab ununterbrochen tröstende und einfühlsame Reaktionen zum Besten, ganz wie eine alte Dame am Teetisch: er runzelte die Stirn, er schnalzte mit der Zunge, er schüttelte den Kopf, er zog die Augenbrauen hoch, er spitzte die Lippen. Dann, als Nicola verstummt war, begann er zu sprechen.

»Das klingt alles, als wären Sie die perfekte Patientin«, sagte er, »für unsere Behandlungsweise.«

Sie hob den Kopf und lehnte sich auf ihrem Stuhl zurück. Sie lächelte anhaltend.

»Ja«, sagte er. »Ich glaube, Sie werden sehr gut darauf ansprechen.«

*

In dieser Nacht nässte Nicola ins Bett. Um zwei Uhr morgens stieß ich in der Diele auf sie, als sie gerade rückwärts aus dem Gästezimmer kam, die Bettwäsche über dem Arm. »Ich hab was geträumt«, sagte sie, »und als ich mittendrin aufwachte, pinkelte ich mich gerade voll. Für den Rest schaffte ich es dann zwar noch bis zur Toilette, aber schau. Ich habe eine ganz schöne Sauerei gemacht.«

So nahe an Verlegenheit hatte ich sie noch nie gesehen. Wir waren doch alte Bohemiens und weit erhaben über jede Scham vor den elementaren Körperfunktionen.

»Gib her«, sagte ich. »Ich habe meinen Vorrat an Weißzeug gerade aufgestockt, bevor du gekommen bist.«

»Weißzeug? Das klingt wie aus einem Roman von Elizabeth Jolley.«

Wir mussten lachen. Sie setzte sich auf einen Stuhl, während ich ihr das Bett frisch bezog. Ich sah ihre bloßen Füße auf dem Teppich und dachte an meine Mutter, die immer hinter mir sauber gemacht hatte, wenn ich als Kind einen »Gallenanfall« hatte – wie sie das nannte. Ich erinnerte mich an ihre Geduld mitten in der Nacht, an die kostbaren Augenblicke ihrer Aufmerksamkeit, in dem Haus, das voller schlafender Kinder war, die in ihrer Zuneigung meinen Platz beschlagnahmt hatten. Ganz benommen vor lauter Dankbarkeit, sah ich ihr dann immer zu, wie sie das saubere Laken über mein Bett breitete, es glatt strich und an den Ecken feststeckte, um es wieder angenehm zu machen für das abstoßende, unsaubere Geschöpf, zu dem ich geworden war. Ohne den geringsten Ekel nahm sie meine beschmutzte Bettwäsche über den Arm und trug sie weg.

AM DIENSTAG früh fuhren wir mit dem Zug in die Stadt. Ich zeigte ihr, dass sie das Chaos am Bahnhof Flinders Street vermeiden konnte, wenn sie am Bahnhof Parliament ausstieg; wir liefen zusammen zum Theodore Institute. Da ich in Colettes Begrüßung eine gewisse Distanz zu spüren glaubte, ließ ich Nicola zu ihrer ersten Behandlung Platz nehmen und ging wieder nach unten, um mir einen Kaffee zu holen.

Als ich zwanzig Minuten später zurückkam, war das Zimmer leer. Niemand schien im Dienst zu sein. Ich ließ den Blick über die Diplome schweifen, die hinter dem Empfangsschalter gerahmt an der Wand hingen. Aha, hier hingen ja Tuckeys Zeugnisse: eine Menge alternatives Zeugs mit vielsilbigen Wörtern in verschnörkelter Schrift und eine Reihe von Monogrammen, die medizinisch aussahen. Tja, schön und gut, aber wo zum Teufel war er selber? Wer führte diesen Laden hier eigentlich? Hinter einer Trennwand hörte ich Colette, die fröhlich jemandem mit ihrer Leidenschaft für den Eiskunstlauf in den Ohren lag. Auf dem Schalter stand eine Glocke. Ich läutete. Sie streckte den Kopf heraus und winkte mich zu einer Seitentür.

Dahinter fand ich Nicola in einem vollgestopften Zimmer, durch dessen Fenster man, wenn man sich auf die Zehenspitzen stellte, einen Blick auf die Kathedrale erhaschen konnte. Sie saß bis zum Kinn in eine Art niedriges Zelt eingepackt, ihr grinsendes Gesicht schaute oben durch ein Loch heraus, das um ihren Hals herum mit einem Kreppband und einem rosa Handtuch abgedichtet war. Dieser seltsame Duft nach Natur, den wir gestern schon bemerkt hatten, hing wieder in der Luft.

»Was zum Teufel ist denn das? Du siehst aus wie eine Promitussi in der Wellnessfarm.« Wir lachten wieder.

»Das ist eine Ozonsauna. Schau mal rein.«

Ich machte vorn am Zelt einen Reißverschluss auf und sah sie auf einem weißen Plastikstuhl sitzen, nackt bis auf ein Handtuch, in jeder Hand eine Art Stab, der in ein Küchentuch gewickelt war. Der duftende Dampf kam in Schwaden herausgewabert. Ich machte den Reißverschluss wieder zu. Sie wies mit dem Kopf auf ein schmuddeliges DIN-A4-Blatt, das an der Wand hing. Ich trat näher, um zu lesen. Es war eine Liste mit Sofortmaßnahmen zur Wiederbelebung. Wir sahen einander mit ausdruckslosem Gesicht an.

»Was hältst du denn da in den Händen?«

»Elektroden.« Sie schloss die Augen und lehnte sich zurück.

Elektroden. Ich bewahrte die Ruhe. Durch das hochgelegene Fenster fiel die Morgensonne in den Raum. Das Ozon roch köstlich, sehr leicht und erfrischend, wie Wassermelonen oder eine Meeresbrise. Ich setzte mich in der Ecke auf einen Stuhl und nahm den Deckel von meinem Kaffeebecher.

*

Eine Stunde später kam Colette hereingeschusselt und brachte Nicola in ein anderes Zimmer. Die legte sich dort auf einer hohen, harten Liege mit geblümtem Überzug auf den Rücken, während die junge Frau ihr Schröpfköpfe an Schultern, Hals und Bauch anbrachte. Wie viele meiner Bekannten hatte ich mich auch ein- oder zweimal schröpfen lassen und war zu dem Ergebnis gekommen, dass nichts davon zu halten sei; diese Schröpfköpfe hier jedoch hatten Nippel, an denen Schläuche angebracht waren, durch die abermals Ozon gepumpt wurde, und zwar aus einem großen, rostig aussehenden Kanister, der mit einer um seine Mitte laufenden Metallkette an der Wand befestigt war.

Mir kam das wie eine recht intime Prozedur vor, und ich bot mehrmals an hinauszugehen, aber sowohl Nicola als auch Colette drängten mich zu bleiben. Ich drückte mich in eine Ecke und verschränkte die Arme. Durch das nach Osten gehende Fenster sah man ein zauberhaftes Gewirr von Türmen und Kuppeln und darüber einen Himmel voll wattiger Frühlingswölkchen.

»Was bewirkt das Ozon denn, Colette?«, fragte Nicola freundlich.

Colette, die mit dem Anbringen der Schröpfköpfe fertig war, blätterte gerade mit dem Rücken zu Nicola hastig in einer Akte herum. Ohne sich umzudrehen, antwortete sie in zerstreutem Ton: »Tötet den Krebs ab.«

»Ach ja. Klar.«

»Und das Vitamin C«, fuhr Colette fort, wobei sie den Ordner weglegte und sich umdrehte, um mit beiden Händen wildkratzende Bewegungen zu machen, »schaufelt die Krebszellen sozusagen aus Ihrem Körper hinaus.«

Noch immer lächelnd, ließ Nicola die Augen wieder zufallen. Colette winkte fröhlich, warf ihren Pferdeschwanz keck herum und verließ das Zimmer. Ich spazierte unauffällig hinüber zu der Bank unter dem Fenster, wo sie Nicolas Akte liegen gelassen hatte. Ganz beiläufig ließ ich die Papiere aus dem Ordner gleiten. Ich blätterte eine Seite um, und die Überschrift *Prognose* sprang mir in die Augen. Darunter hatte jemand in einer krakeligen, unreifen Handschrift geschrieben: »Letal. 1–3 Jahre«.

Ich ließ das Blatt sinken und lehnte mich gegen das Fenster. Draußen an der Westfassade der Kathedrale hatten Menschen Wasserspeier in Stein gehauen, dazu eine Anzahl von Heiligen mit einem Hirtenstab und einem Heiligenschein aus Stein. Mir zitterten die Knie. Ich atmete ein paarmal tief durch. Was ging hier vor? Hatte nicht Dr. Tuckey Nicola noch gestern Abend versichert, dass sie auf die Behandlung in dieser Klinik »sehr gut ansprechen« werde? Er hätte doch sagen müssen: »Wollen Sie, dass ich Ihnen ganz ehrlich sage, wie ich Ihre Zukunft sehe?« Und wenn sie das bejaht hätte, wäre es dann nicht ehrenhafter gewesen, ihr die Wahrheit zu sagen, und dann hinzuzufügen: »Aber wir können Ihnen bestimmte Behandlungen anbieten, die den Krebs vielleicht zum Schrumpfen bringen, ihn verlangsamen und es Ihnen ermöglichen, in der Ihnen verbleibenden Zeit ein erträglicheres Leben zu führen«?

Vielleicht konnte er das deshalb nicht, weil ich dabei war. Vielleicht war er in dieser Praxis nicht berechtigt, über den Tod zu sprechen. Vielleicht kam das nur dem Guru Professor Theodore zu.

Nicola hielt auf der hohen Liege hinter mir noch immer die Augen geschlossen. Ich steckte die Blätter sauber und ordentlich in den Ordner zurück und richtete diesen genau parallel zur Kante der Bank aus.

Sie sprach. »Helen. Hätte deine Schwester Madeleine so etwas wie das hier gemacht?«

»Keinesfalls.«

»Auch nicht, wenn sie davon gehört hätte?«

»Niemals. Sie hätte es keine Sekunde lang in Erwägung gezogen.«

»Warum nicht?«

Weil sie sofort gesehen hätte, dass das ein Schwindel ist. Das konnte ich natürlich nicht sagen. Ich hatte auch gar nicht das Wissen, so ein Urteil abzugeben. Und wenn ich tatsächlich ein negatives Votum abgab, wohin hätte sich Nicola dann wenden sollen? Was würde ihr dann noch übrig bleiben? Den Kampf aufzugeben und dem Tod entgegenzusehen? Wer war ich denn, dass ich ihr dazu hätte raten dürfen?

Deshalb sagte ich: »Madeleine war Krankenschwester. Ihr Mann Arzt. Sie hat ihr ganzes Leben in der Welt der westlichen Medizin verbracht. Sie hat daran geglaubt. In diesen Begriffen, in dieser Sprache ging ihr Denken vor sich.«

Sie lag eine Weile still, und die Schröpfköpfe standen von ihrem Bauch ab wie eine Reihe von Brüsten. Dann öffnete sie die Augen und sah zum Fenster.

»Ich erwarte jeden Moment, dass aus diesen Wolken ein Engel herabsteigt«, sagte sie und schenkte mir ihr frechstes, herausforderndstes Lächeln.

*

Nach dem Mittagessen, das für uns aus zwei großen Gemüsesäften in einem Café bestand, machte Colette unmissverständliche Andeutungen, dass ich gehen sollte: offensichtlich wollten sie sie mit irgendetwas bestrahlen. Ich packte meine Sachen zusammen und verschwand. Ich ging in David Jones' Lebensmittelabteilung und kaufte ein paar Flathead-Filets für unser Abendessen, dann spazierte ich durch die Stadt und war ganz stolz darauf, kein Geld zu verschwenden. Als ich am späten Nachmittag Nicola abholen kam, war sie gut gelaunt. Zu Hause ging ich in den Hof hinaus, um die trockene Bettwäsche von der Leine zu nehmen. Sie bestand darauf, mir zu helfen. Ich merkte, dass es sie Überwindung kostete, die Arme bis in Schulterhöhe zu heben, doch gemeinsam falteten wir die Bettwäsche perfekt zusammen und legten sie in den Schrank. Dann bereitete ich nach ihren Anweisungen eine Art Fischsuppe mit Gemüse zu, die sie als halbe Vegetarierin auch essen konnte. Sie aß mit Appetit und trank sogar ein Glas trockenen Sherry. Wir sahen uns die Nachrichten an und hechelten anschließend in fröhlicher Boshaftigkeit die neuesten Eskapaden meines Ex-Mannes durch, der ein alter Freund von ihr war.

»Morgen«, sagte sie, als ich ihr zum Schlafengehen eine Wärmflasche reichte, die in ein sauberes Geschirrtuch eingewickelt war, »morgen geben sie mir noch etwas mehr Vitamin C.«

Ich sah auf. »Möchtest du, dass ich mitgehe?«

Sie zuckte die Schultern. »Du kannst dir ja ein Buch mitnehmen.«

Kurz nach Mitternacht hörte ich sie herumlaufen und ging hinaus, um nach ihr zu sehen. Schultern und Hals taten ihr weh. Wieder war sie nass, aber nicht von Urin. Es war Schweiß: die Bettwäsche durchtränkt bis auf die Matratze und sogar das Kissen durchnässt. Dreimal machte ich in dieser Nacht das Bett: zog es ab und bezog es frisch, zog es ab und bezog es frisch. Das zu tun machte mir Freude: klare Aufgaben, Liebesdienste, die ich mit links erledigte. Wir machten uns gar nicht erst die Mühe, entschuldigende und verzeihende Worte auszutauschen. Sie saß kraftlos auf ihrem Stuhl und sah mir zu.

»Ich hätte Krankenschwester werden sollen«, sagte ich. »Wie meine Schwestern.«

Sie gab ein mattes Lachen von sich. »Ordensschwester. Mit einem raschelnden Schleier.«

»Oder vielleicht Detektivin. Warum bin ich nicht in den siebziger Jahren zur Polizei gegangen, statt so ein blödes

Hippiemädchen zu werden? Dafür hab ich mich sowieso nie geeignet.«

»Du kannst schon ganz schön heftig sein. Aber sie hätten Hackfleisch aus dir gemacht.«

»Was für Schmerztabletten hast du, Nicola?«

»Digesic.«

»Weiter keine?«

»Ich kann acht Stück pro Tag nehmen. Ich nehme jetzt welche.«

Ich holte ihr ein Glas Wasser und blieb neben dem Bett stehen, während sie die Tabletten schluckte.

»Was bedeutet *gesic* überhaupt?«, fragte ich.

»Das muss Griechisch sein.«

»Stimmt. Rectogesic ist gegen Hämorrhoiden. Analgesic…«

»*Anal*-gesic«, sagte sie, »ist wahrscheinlich gut gegen einen wunden Hintern.«

»Haha! Und *Di*-gesic« – es donnerte auf uns zu wie ein Lastwagen, so dass keine Zeit blieb beiseitezuspringen – »das ist wahrscheinlich einfach etwas gegen das *Sterben.*«

Sie lachte, schloss die Augen und legte sich auf das saubere Kissen zurück.

Kurz vor Tagesanbruch, als ich gerade schlaflos dalag, brach direkt über dem Haus ein seltsames kleines Gewitter los, ließ ein paar Regentropfen fallen und floh weiter hinaus zu einer Klippe. Die Luft war frisch und kühl. Irgendetwas schlich auf Zehenspitzen durch den Laubmulch vor meinem offenen Fenster, blieb stehen und atmete tief, um sich zu fassen.

ALS WIR FRÜHSTÜCKEN wollten, hatte Nicola Schmerzen. Sie ließ die Schultern hängen. Das Laufen fiel ihr schwer.

»Sollten wir dir nicht ein paar stärkere Schmerzmittel besorgen?«, fragte ich.

»Keine Sorge«, sagte sie. »Die Schmerzen kommen ja nur von der Behandlung – daran merkt man, dass sie wirkt. Das sind einfach die Gifte, die ausgetrieben werden.«

Sie knabberte an einem Stückchen Toast mit Honig und trank eine Tasse Tee.

Ich fuhr mit ihr in die Stadt.

Diesmal hatte ein Fremder mittleren Alters im Behandlungszimmer Dienst, der keine Miene verzog und mit osteuropäischem Akzent sprach. Sein weißer Kittel und seine langsamen Bewegungen, die fast wie hypnotisiert wirkten, verliehen ihm einen Anschein von Autorität, wie er der netten, aber allzu plapperhaften Colette fehlte. Er machte sich gar nicht erst die Mühe, sich vorzustellen, sondern befahl Nicola, sich auf der hohen Liege auf den Rücken zu legen, hängte einen Behälter mit einer klaren Flüssigkeit in einen Metallständer ein und machte sich daran, einen Schlauch in den Langzeitvenenkatheter auf ihrer Brust einzuführen. Nicola hob die Hand.

»Die letzte Krankenschwester, die mir das gegeben hat«, sagte sie mit vor Anspannung hoher Stimme und in distinguierterem Ton als üblich, »hat es zu schnell laufen lassen. Es tat sehr weh, mir wurde hinterher schrecklich schlecht, und ich war sehr schwach. Darf ich Sie bitten, wirklich darauf zu achten, dass es nicht zu schnell läuft, bitte?«

Der Mann im weißen Kittel hielt in seinen Vorbereitungen inne. »Ich bin keine Krankenschwester«, sagte er. »Ich bin Facharzt.«

Ich stand vom Stuhl auf und trat vor. »Entschuldigen Sie«, sagte ich. Dann räusperte ich mich. »Entschuldigen Sie, Herr Doktor, aber bei meiner Freundin hat das Vitamin C sehr heftige Reaktionen hervorgerufen. Sind Sie sicher, dass es das Richtige für sie ist?«

Der Mann sah mich nicht an. Er blieb ganz still stehen, den Schlauch in der Hand. »Hier steht«, sagte er, »dass Ihre Freundin heute Vitamin C bekommt. Und das gebe ich ihr jetzt.«

Ich bewegte mich noch weiter vor, so dass meine Schulter jetzt neben der von Nicola war und er mich anschauen musste. Er warf mir einen langen, abschätzenden Blick zu. Ich holte tief Luft, doch Nicola legte mir die Hand auf den Arm.

»Schon gut, Hel. Ich bin nur für einen Moment ein bisschen panisch geworden.«

Ich spürte, wie sich ihre Schulter entspannte: das jahrelange Yoga. Sie badete den Mann in ihrem Patrizierlächeln.

»Ich habe Vertrauen zu Ihnen, Herr Doktor«, sagte sie. »Ich bin sicher, dass Sie ganz genau wissen, was Sie tun. Machen Sie ruhig weiter.«

Machen Sie ruhig weiter? Damit war mir der Wind aus den Segeln genommen. Ich kehrte auf meinen Stuhl zurück. Die Nadel durchstach die runde Fläche der gespannten Haut; die Flüssigkeit begann, in ihrem Schlauch anzusteigen und zu tropfen, und der Mann verließ mit langsamen Schritten den Raum.

»Hab ich ihm gegenüber einen falschen Ton angeschlagen?«, flüsterte Nicola. »Was hab ich denn da wieder gemacht!«

»Er ist ein verdammtes Arschloch, das ist alles. Er hat anscheinend etwas gegen deine Aussprache, und wahrscheinlich denkt er, wir sind Lesben.«

»Ich dachte schon, du würdest ihm eine kleben. Du bist ganz rot geworden.« Vorwurfsvoll sah sie mich an. Dann fing sie sogar an zu kichern.

»So kann er doch nicht mit dir sprechen.« Ich zog meinen Lippenstift heraus und stieß ihn mir gegen den Mund.

»Bleib nicht hier, Hel. Geh nach Hause und arbeite was. Ich schick dir eine SMS, wenn ich fertig bin.«

Ich hatte gar keine Arbeit. Für die Zeit ihres Aufenthalts hatte ich so gut wie alles abgesagt. Trotzdem rannte ich jetzt die neun Treppen mit den gefliesten Stufen hinunter und stapfte hinaus in die Flinders Street.

Ich nahm sonst nie am Vormittag den Zug nach Broadmeadows. Er war leer und wirkte irgendwie beruhigend, wie er sich so den Fluss entlangschleppte, am Docklands-Stadion vorbei und durch den nördlichen Teil von Melbourne aus der Stadt hinaus. Er donnerte über das trockene Flussbett, rauschte zwischen den alten Lagerhallen durch und lief neben der mit stählernen Strebepfeilern abgestützten Ziegelmauer her, die die Bellair Street von den Schienen trennte. Ich hatte immer Angst, die Mauer würde eines Tages auf die Schienen stürzen; doch da stand sie, fast fünf Meter hoch und an manchen Stellen uneben, aber immer noch stabil, und empfing die Morgensonne auf ihrer blatternarbigen rosigen Oberfläche. In meiner Brust löste sich etwas, und ich atmete zum ersten Mal an diesem Tag richtig durch. Na schön. Lass diese aberwitzige Behandlung doch laufen, wie sie will. Geh du jetzt mal heim und bring dein Haus in Ordnung.

Nicolas Bettwäsche lag wegen der unruhigen Nacht noch zerwühlt da. Ich zog die feuchten Laken ab, dann zerrte ich die Matratze aus dem Bettgestell und lehnte sie in die offene Tür, damit sie in der Sonne trocknen konnte. Als ich gerade im Hinterhof die Ladung der ersten Waschmaschine aufhängte, rief Eva von ihrem Garten aus nach mir. Ich eilte durch die Bohnenreihen zu der Lücke im Zaun, aber sie rief mit krächzender Stimme: »Halt dich bloß fern. Wir haben allesamt eine abscheuliche Erkältung.«

»Was – sogar Mitch?« Ihr Mann war berühmt dafür, dass er nie krank wurde.

»Alle vier. Es geht in Hughies Hort um. Ich habe die Kinder extra nicht zu dir hinübergelassen. Bessie hat Sehnsucht nach dir. Sie sitzt gerade vor dem Fernseher und weint. Wir haben bald nichts mehr zu essen.«

Eva stand in ihrer ruhigen Art barfuß und im Nachthemd neben dem kleinen Stall der Meerschweinchen. Hughie hing ihr schlaff auf den Schultern. Er hob den Kopf aus der wirren Masse ihres Haars. Sein Blick war matt. Die armen Kinder.

Ich fuhr, ich kaufte, ich zahlte. Auf Evas Türschwelle stellte ich Kartons ab, die von Bio-Lebensmitteln überquollen. Sie weigerte sich sogar, die Fliegengittertür aufzumachen, bevor ich nicht die Gartentür hinter mir geschlossen hatte.

In meiner Küche stapelte sich schon bald das Geschirr im metallenen Abtropfgestell. Alle Arbeitsflächen glänzten. Saubere Wäsche lag in duftenden Stapeln aufgeschichtet. Ich machte ein Nickerchen, um für die nächste Nacht voller Unruhe und Arbeit im Lampenlicht gerüstet zu sein. Dann stellte ich die Zutaten für eine köstliche Nudelsuppe mit

Dashi und Tofu bereit. Wie tüchtig ich doch war! Ich würde noch für meine Tüchtigkeit berühmt werden.

Nicola rief mich um fünf Uhr an und verkündete mit ihrer großartigsten Stimme, dass die Behandlung für diesen Tag zu Ende sei. Sie wischte meine Angebote beiseite: sie würde gleich mit einem Taxi nach Hause kommen. Ich setzte mich mit Blick zur Tür aufs Sofa und wartete.

Gegen sechs Uhr wurde mühsam ein Schlüssel ins Schloss gesteckt, und eine Gestalt kam durch die Diele geschlurft. Die Schultern hingen, die Knie gaben nach; der Kopf wurde von einem Hals getragen, der fast waagrecht vorstand. Was hatten sie ihr angetan? Ich sprang auf. Aber als sie ins Licht der Küche trat, sah ich auf ihrem Gesicht wieder dieses schreckliche Lächeln, diese Grimasse, die ausdrückte: *Bitte jetzt keine Fragen.*

»Fühl mich nicht gerade fantastisch«, nuschelte sie und klammerte sich mit beiden Händen an der Kante der Arbeitsplatte fest. »Muss gleich ins Bett.«

»Soll ich dir ganz schnell noch was zu essen bringen? Ein winziges bisschen Suppe? Auf einem Tablett?«

Sie schüttelte den Kopf. Auf jeder sichtbaren Stelle ihrer Haut lag ein Schweißfilm, aber sie behielt dieses Lächeln angeschaltet und hatte die Brauen hoch in die Stirn gezogen. Sie drehte sich um und hinkte durch die Diele in ihr Zimmer. Ich hörte, wie das Fenster heftig zugezogen wurde.

Ich kochte Wasser und wickelte die Wärmflasche in ein Tuch. Ihre Tür war zu. Sollte ich klopfen? Ich öffnete und schlüpfte hinein. Sie lag auf dem Rücken in ihrem Bett, noch völlig bekleidet, mit geschlossenen Augen. Der Widerschein der Abendsonne fiel von der Nachbarwand herein und ließ das Zimmer trostlos und hart erscheinen.

»Wonach riecht es hier?«, sagte sie, ohne die Augen zu öffnen. »Bin ich das?«

»Ich rieche nichts.« Ich legte die Wärmflasche neben sie.

»Riecht komisch. Igitt.«

Ich schnüffelte. Wenn das Fenster geschlossen war, bemerkte man den Geruch, wie von einem Wollpullover im Regen. Ich kniete mich nieder und roch an dem iranischen Teppich.

»Das muss die Farbe von diesem Teppich sein. Soll ich ihn raustun?«

Sie gab keine Antwort. Ich rollte ihn zusammen und schaffte ihn hinaus auf den Gang. Dann zog ich an der Schnur der Jalousie, und das Zimmer wurde dämmerig. Noch immer sprach sie nicht. Ihr Atem ging immer schneller. Sie rang nach Luft, und dann fing sie auch noch an, mit den Zähnen zu klappern.

»Nicola. Was kann ich denn nur für dich tun?«

»Schlafen. Ich will schlafen. Geh hinaus. Danke.«

Ich hätte ihr so gerne die Schuhe ausgezogen, ihr eine Baumwolldecke übergebreitet. Aber ich hatte Angst, sie anzufassen. Ich hatte Angst vor ihrer Schwäche, Angst vor ihrer Willensstärke. Deshalb verließ ich das Zimmer und zog die Tür hinter mir zu.

*

In der Nacht kamen Schweißausbrüche. Es kamen Schmerzen im Bauch und in der Schulter. Jedes Mal, wenn ich sie herumlaufen hörte, ging ich in ihr Zimmer, ohne etwas zu sagen. Sie versuchte, mich anzulächeln: sie tat so, als hätte sie keine Schmerzen. Sie hatte von der Tagesration der Digesic-Tabletten nur noch eine einzige, um den Schmerz zu stillen. Ich brachte ihr Wasser in dem Porzellankrug mit dem rosa Hortensienmuster und schenkte es in meine hübschesten Gläser ein: ich trank mit, um ihr Gesellschaft zu leisten. Das intravenöse Vitamin C schien sich besonders brutal auf ihre Wirbelsäule auszuwirken: sie konnte sich nicht aufrecht halten. Ich sorgte für alles: zog die Bettwäsche ab, raffte sie zusammen, breitete neue Leintücher aus, bezog ihr Bett frisch und bezog ihr Bett von Neuem frisch. Während ich tätig war, saß sie in einer Ecke auf einem Holzstuhl, den Kopf tief geneigt und die vernarbten Hände mit den langen Fingern im Schoß gefaltet.

Endlich fiel sie in tiefen Schlaf. Ich schleppte mich zurück in mein Bett, und es war still im Haus.

*

Am Morgen machte ich gerade Frühstück, noch ganz benommen vor Müdigkeit, als sie in die Küche kam. Sie ging sehr langsam, hielt den Kopf aber aufrecht. Das gefrorene Lächeln war wieder da. Sie setzte sich auf einen Stuhl, ließ sich zu einem Teller mit Joghurt und Früchten überreden und löffelte alles in winzigen Portionen auf.

»Sag mal«, begann ich. »Hast du denen in der Klinik gesagt, dass du solche Schmerzen hast?«

Sie sah überrascht auf. »Ach, meine Liebe«, sagte sie, und es klang fast gelangweilt. »Die behandeln schließlich Krebs. Schmerz ist da einfach eine Gegebenheit. Meine Schmerzen interessieren die nicht.«

Ich wandte mich von ihr ab und dem Spülbecken zu und zerrte mir die Gummihandschuhe über die Hände.

»Sorry wegen gestern Abend«, fuhr sie leichthin fort. »Das liegt nur an dem Vitamin C. Davon kommen die Schmerzen – der Krebs wird mir aus dem Körper getrieben.«

Ich blieb abgewandt stehen und tauchte das Besteck ins Spülwasser.

»Trotzdem«, sagte ich. »Du brauchst einfach mehr Schlaf, als du jetzt hast. Ich überlege schon, ob du nicht zu einem praktischen Arzt gehen solltest – um dir etwas verschreiben zu lassen, das ein bisschen stärker als dieses Digesic ist?«

Sie legte den Löffel hin. »Helen«, sagte sie. »Ich muss dem Vitamin C vertrauen. Mitte nächster Woche hat es dieses verdammte Ding bestimmt schon in die Flucht geschlagen. Und es ist für mich ganz wichtig, dass auch du daran glaubst.«

Bis zu diesem Augenblick hatte ich das Problem umgangen, indem ich mich auf einfache Aufgaben konzentrierte. Jetzt atmete ich sie zum ersten Mal richtig ein, die dicke Luft der Verlogenheit. Ich zwang mich zu nicken. Ich senkte den Blick und schrubbte die Zinken einer Gabel. Okay. Heute war Donnerstag. Sie bekam das intravenöse Vitamin C nur jeden zweiten Tag: heute Morgen würde sie diesen verträglicheren Quatsch bekommen, das Ozon und die Schröpfköpfe. Aber der Freitagabend würde wieder ein Horror werden. Ich musste mir etwas einfallen lassen.

*

Ich setzte sie am Theodore Institute ab, dann fuhr ich in einem großen Bogen den Fluss entlang und hinaus zu Leo. Vielleicht erwischte ich ihn gerade zwischen zwei Patienten. Ich schlug den Türklopfer. Die Krallen des Hundes kratzten über den Dielenboden. Leo öffnete die Tür und sah mich überrascht an. Er blickte ärgerlich auf seine Armbanduhr und dann auf die Gartentür hinter mir.

»Ich mach ganz schnell. Es geht um Digesic.«

»Kriegt sie nur das?« Er atmete tief und langsam durch. »Schlimme Nächte?«

Ich nickte. In meiner Kehle stieg ein wilder Klumpen auf. Ich würgte ihn hinunter. »Was soll ich machen?«

»Das ist jetzt nicht mehr stark genug. Acht pro Tag ist die Obergrenze. Panadein Forte könnte besser sein. Oder Morphium. Aber ein praktischer Arzt verschreibt einem ihm unbekannten Patienten kein Morphium. Setzt dich mit ihrem Onkologen in Sydney in Verbindung. Er kann dir eine Ermächtigung faxen. Und hab keine Bedenken, darum zu bitten. Onkologen sind das gewöhnt.«

»Ist es moralisch in Ordnung, wenn ich das mache?«

»Du stehst wegen ihr doch total unter Druck. Es ist völlig koscher, wenn du dir Hilfe suchst.«

Das Gartentor klirrte, und eine Frau in Kostüm und Stöckelschuhen kam über den Weg. Ich trat zurück. Leo lächelte ihr zu und wies mit eleganter Geste auf die offene Tür. Sie vermied es, mich anzusehen, als sie an mir vorbeiging. Ihre Diskretion war vorbildlich, ärgerte mich aber trotzdem. Ich hätte ihr am liebsten nachgerufen: »Ich bin gar keine Patientin!« Sie trat über die Schwelle und verschwand in der Diele. Ich drehte mich um und wollte gehen.

Leo legte mir die Hand auf die Schulter. »Helen. Du hilfst ihr überhaupt nicht, wenn du dir vor Angst in die Hosen machst. Wenn du mit harten Bandagen kämpfen willst, dann setz dich doch mit diesen Leuten von der Palliativmedizin in Verbindung. Die kommen ins Haus. Ich weiß, das klingt rigoros, aber schließlich ist morgen Freitag. So ein Wochenende kann einem ganz schön Angst einjagen, wenn man niemanden hinter sich weiß.«

Ich rannte zum Auto. Wo war eigentlich sein Hund, wenn er arbeitete? Hatte er in der Küche einen Hundekorb zum Schlafen, einen Hundeknochen zum Benagen, eine Schüssel mit frischem Wasser? War der Hund glücklich? Konnte man bei einem Hund überhaupt erwarten, dass er glücklich sei? Vielleicht war der Glaube, man sei dazu verpflichtet, glücklich zu sein, der dümmste Einfall auf diesem Planeten.

*

An diesem Tag war Nicola, als sie heimkam, ganz beruhigt und zuversichtlich. Ich berührte das Thema Schmerzen nicht und sie auch nicht. Sie ruhte eine Weile in ihrem Zimmer, dann sahen wir uns im Fernsehen die Nachrichten an und aßen anschließend auf der Veranda zu Abend. Vor der Wand des Schuppens standen die dicken Bohnen mit ihrem erquicklichen Grün in hoffnungsvollen Reihen. Der Himmel färbte sich rötlich, und die Dämmerung brach an. Die farbenfrohen kleinen Loris, die ein ums andere Mal aus der Palme im Nachbargarten geschossen kamen und wieder verschwanden, erinnerten uns beide an den Rieseneisvogel, der einmal auf Nicolas Mittagstisch herabgestoßen war, mit dem Schnabel ein faustgroßes Stück der teuren dänischen Butter geschnappt und sich dann auf einen hohen Zweig geschwungen hatte. Später hatten wir den gierigen Vogel erspäht, wie er in der Nähe des Tanks im Unterholz stand, vorgebeugt und mit aufgesperrtem Schnabel, wie ein Betrunkener vor einem Wirtshaus.

»Hätte ich doch nur meine Ukulele mitgebracht«, sagte sie, während sie sich die Lachtränen abwischte. »Ich kann mich nicht mal mehr erinnern, wann wir zum letzten Mal gespielt haben.«

»Wie lange warst du jetzt nicht mehr zu Hause?«

»Ach, monatelang. Ich musste bei Iris wohnen, um in der Nähe des St. Vincent zu sein, wegen der Bestrahlungen. Und ich habe sowieso nicht mehr die Kraft, mich den Berg hinaufzuschleppen.«

Sie wohnte hinter den Stränden im Norden von Sydney an einem Berg, den man nur mit dem Boot erreichen konnte. Jahrelang war sie in einer kleinen Blechkiste zwischen dem Pier von Palm Beach und dem Anlegesteg unterhalb ihres Hauses hin- und hergetuckert, bei schönem Wetter eine Fahrt von zehn Minuten. Sie holte mich immer an meinem Auto in Palm Beach ab, schob mich mit den Einkäufen die weiße Holzleiter hinunter und ließ den Außenbordmotor mit einem einzigen kräftigen Zug an der Leine aufheulen. Und schon schossen wir davon. Sie saß am Steuer, aufrecht und so schön wie eine Herzogin, in locker fallender Kleidung, die der Wind aufblähte und riffelte, das silberweiße Haar flach am Kopf nach hinten geweht.

Unter ihren praktischen und fröhlichen Anweisungen fühlte ich mich vollkommen sicher, wenn wir über das Wasser flogen und anschließend die Taschen den steilen Buschpfad zu ihrem Haus hinaufschleppten. In ihrem Reich ließ ich sie bestimmen und gehorchte ihr. Sie kannte sich aus mit Zecken und Blutegeln, mit Schlangen und Waranen; mit den Namen der Vögel und ihren Verhaltensweisen; mit den Wegen des Mondes; wusste, wie man sorgsam mit Wasser umging; wusste, wie man im Freien ein Feuer unterhielt. Sie war älter, größer, mutiger und freier: sie hatte sich selbst beigebracht, wie man allein lebt.

Als ich das erste Mal ein Wochenende bei ihr verbrachte, forderte sie mich dazu heraus, den von Büschen überwucherten Abhang hinaufzuklettern, der hinter ihrer Hütte bis zum Kuringai-Nationalpark emporragte. Stöhnend und fluchend zogen wir uns Stück für Stück hinauf und taumelten dann, zwei verdreckte, keuchende alte Hexen, aus dem Gestrüpp auf einen Weg, den in diesem Moment ein Paar aus der Stadt in heller, frisch gebügelter Sportkleidung entlang spaziert kam, mit einem Shih-Tzu an der Leine. Den ganzen Nachmittag lagen wir auf unseren Betten und lasen gewaltige Wälzer, wobei wir einander gelegentlich analytische oder beifällige Bemerkungen zuriefen.

An diesem Abend nahmen wir die Flasche Wodka Stoly den rauen Pfad zum Landesteg mit hinunter, wo wir dann im Dunkeln auf unseren Jacken saßen und das lange Gespräch begannen, aus dem unsere Freundschaft erwuchs. Sie erzählte mir von dem einzigen Mann, mit dem sie je zusammengelebt hatte, Hamish, dessen Kinder sie liebe und zu denen sie immer noch Kontakt habe, der aber brutal zu ihr gewesen sei; und von einem Aborigine, der in der Zeit, als sie viel LSD genommen und einmal im Regenwald eine Art Zusammenbruch erlitten habe, aus dem Nichts aufgetaucht sei und sie vor dem Hungertod bewahrt habe.

Als sie ungefähr sieben Jahre alt war, erzählte sie, sei eines Nachmittags ein etwa zwanzigjähriger Nachbar über den Zaun gestiegen, während sie im Hof spielte. »Anschließend rannte er weg. Ich raffte mich auf und versteckte mich oben auf der Hintertreppe. Ich blieb dort draußen, bis es dunkel wurde und ich meine Mutter und meine Schwester nach mir rufen hörte. Ich wusste, dass ich nie, nie jemandem würde erzählen können, was passiert war. Und ich erzählte es auch nie.«

Ich war schon halb betrunken. Ich sagte: »So ein verdammtes Dreckschwein. Lebt er noch?«

Sie zuckte die Schultern.

»Willst du ihn nicht ausfindig machen und ihm alle Knochen brechen? Ich helf dir dabei. Wir können in den Listen des Einwohnermeldeamts nachschauen.«

Sie stieß ein fröhlich-zorniges Lachen aus. Wir saßen dicht nebeneinander am Ende des hölzernen Kais. Masten klirrten. Auf das schwarze, ruhelose Wasser der schmalen Hafeneinfahrt legten die Ankerlichter der Schiffe das, was ein Dichter, wie sie mir sagte, einmal *gestapelte Untertassen aus Licht* genannt hatte.

Hier und jetzt, auf meiner Hinterveranda, sagte sie: »Ich möchte nach Hause zurück, sobald ich mit dem Theodore fertig bin. Ich kann es kaum erwarten. Aber ich bin schon längst zu schwach, um die Anlasserschnur des Außenbordmotors zu ziehen.«

»Könntest du dir nicht so einen automatischen Starter besorgen? Bei dem du nur auf einen Knopf drücken musst?«

»Den gibt es nur für dreißig PS und mehr. Wenn ich dreißig PS in meiner Blechbüchse hätte, würde die senkrecht stehen.«

Wir saßen völlig beschwipst auf dem Arbeitstisch. Ach, ich liebte sie dafür, dass sie mich so zum Lachen bringen konnte. Ich kannte niemanden, der weniger selbstgefällig war als sie, netter als sie, weniger zickig als sie. Ich konnte mir eine Welt ohne sie gar nicht vorstellen. Auch wenn sie es nicht zugab: ihr Haus war für sie jetzt unerreichbar. Wenn nicht einer sie huckepack nahm, würde sie nie mehr nach Hause können.

Die Füße zwischen den leeren Tellern, unterhielten wir uns darüber, welche Filme wir uns vielleicht nächste Woche anschauen wollten, sobald in ihre Behandlung eine gewisse Routine gekommen wäre; und wir taten so, als würden wir die verbannte Bessie nicht hören, die hinter der Glyzinienhecke Trampolin sprang und sich dazu ein trauriges Lied sang, das immer wieder von einem feuchten Husten unterbrochen wurde.

WIR GINGEN früh zu Bett. Ich fiel in einen sprunghaften, seichten Schlaf und träumte konfuses Zeug von Misserfolg und Frust. Als ich um sechs Uhr aufwachte und in die Küche ging, um die Jalousien hochzuziehen, fiel ich fast über sie: sie kauerte am Boden, die Arme um die Knie geschlungen, und wiegte sich leicht vor und zurück. Als ich mir ihr Bett ansehen ging, fand ich einen zerwühlten Haufen von nassem Bettzeug.

»Ich wollte dich nicht wecken«, sagte sie. »Mein Gott. Ich hab diese Schmerzen so satt.«

Mit vereinten Kräften und ohne zu reden, schafften wir es, sie auf die Beine zu bringen, zu waschen, abzutrocknen und auf die Couch zu legen. Ich riss die Fenster auf und steckte eine dicke Wolldecke rings um sie fest. Ihr Gesicht war weiß.

»Kannst du mir sagen, wo es wehtut?«

»Hier. Der Hals. Die Schulter. Ich muss mir beim Umdrehen im Bett wohl einen Muskel gezerrt haben.«

»Was hast du denn in der Nacht genommen?«

»Digesic. Ich hatte nur noch zwei. Jetzt sind sie alle.«

»Gut. Heute besorgen wir dir ein paar anständige Schmerztabletten.«

Mühsam hob sie die Knie. »Das Krankenhaus in Sydney hat mir ein Rezept für Retard-Morphiumtabletten ausgestellt.«

»Großartig. Das bring ich zur Apotheke, während du in der Klinik bist.«

»Ja aber Hel – ich habe es bei Iris gelassen.« Sie sah mich mit schiefem Lächeln an.

Mir blieb der Mund offen stehen. Ich schluckte. »Dann schreibe ich ihr heute gleich eine Mail, damit sie es herschickt.«

Sie erstarrte. »Woher hast du denn ihre Mail-Adresse? Ich möchte nicht, dass ihr beide Scherereien miteinander habt.«

»Wie bitte? Na gut, dann ruf deine Onkologin in Sydney an. Lass dir von ihr eine Möglichkeit hier in der Stadt sagen, wie wir an Morphium kommen.«

Sie schnalzte mit der Zunge. »Oh nein, Liebste – ich kann sie auf keinen Fall anrufen. Außerdem ist sie eh nicht da. Sie unterrichtet dreimal die Woche an der Universität.«

»Nicola. An einer Universität gibt es ein Telefon.«

»Nein. Ich kann sie nicht belästigen.«

»Belästigen?« Meine Stimme schoss die Tonleiter hinauf. »Du bist ihre Patientin. Es ist ihre Aufgabe, es ist ihre Pflicht, dich von diesen Schmerzen zu befreien.«

Sie drehte den Kopf auf dem Kissen zur Seite und sah zum Fenster hinaus. Ich stand abwartend neben der Arbeitsplatte, den Spüllappen in der Hand. Und mit einem kurzen Aufwallen ihrer patrizierhaften Art wechselte sie das Thema.

»Du brauchst mich heute nicht in die Stadt zu fahren, vielen Dank, Helen«, sagte sie. »Ich nehm den Zug.«

Ich wrang den Lappen mit einer heftigen Bewegung aus und schleuderte ihn ins Spülbecken.

»Was ist denn?« Sie war ganz Unschuld, die Brauen hochgezogen, den Kopf zur Seite geneigt.

»Warum lässt du mich so auflaufen? Du musst ein Schmerzmittel haben – auch wenn du es letztlich nicht nimmst, wir müssen etwas im Haus haben.«

»Ach Hel«, sagte sie gedehnt und entblößte die Zähne in einer Grimasse müder Überlegenheit. »Es geht auch so gut, mit der Vitamin-Behandlung. Es sind nur die Gifte –«

Ich schnitt ihr das Wort ab. »Es geht mir nicht um die Arbeit. Die mache ich sehr gerne – ich will sie auch machen. Aber ich habe solche Angst, wenn du diese Art von Schmerzen hast und dann keine Tablette nehmen kannst, die wirkt. Vielleicht sollten wir die Leute von der Palliativmedizin hier in der Stadt anrufen. Nur für den Notfall. Damit die wissen, dass es uns gibt.«

Sie hob beide Hände. »Nein. Ich möchte nichts mit der Palliativmedizin zu tun haben.«

»Warum nicht?«, fragte ich dummerweise, denn ich wusste ja die Antwort.

»Weil das die letzte Stufe vor dem Tod ist.«

Nun stand das Wort im Raum. Ich hatte sie dazu gebracht. Ich sah sie an, dort auf dem lavendelfarbenen Sofa, wie sie versuchte, ihr Entsetzen zu verbergen, und mein Herz zog sich zu einem Knoten aus Mitleid, Liebe und Wut zusammen.

»Pass mal auf«, sagte ich mit einer Stimme, die ich selber kaum erkannte. »Du bist zu mir gekommen. Du hast mich gebeten, mich drei Wochen lang um dich zu kümmern, und das werde ich auch tun, weil du meine Freundin bist und weil ich dich lieb habe – aber ich schaffe es nicht allein. Ich bin so müde, und wir haben noch nicht mal die erste Woche hinter uns. Du musst mir erlauben, ein wenig Hilfe zu organisieren.«

Rings um ihre Iris war das Weiße zu sehen. »Ich möchte niemanden außer dir haben.«

»Na gut. Dann fangen wir mit den Tabletten an. Wenn du meinen Hausarzt nicht konsultieren willst, dann lassen wir uns von den Leuten am Theodore Institute jemanden hier in der Stadt empfehlen. Und zwar heute noch.«

Ich hob den leeren Komposteimer auf und stieß ihn unter den Wasserhahn. Das Wasser donnerte hinein. Auf dem Fensterbrett neben mir stand eine kleine Vase. Ich hatte bisher noch nie bemerkt, wie rot sie war. Nach dieser Farbe hätte ich nie gegriffen. Die musste mir jemand geschenkt haben. Als ich mich wieder umdrehte, stand Nicola aufrecht neben der Couch. Sie hob den Kopf und blickte mir geradewegs ins Gesicht. Ich hatte ganz vergessen, was für braune Augen sie hatte. Sie sah ruhig und ernst aus.

»Entschuldige, Helen«, sagte sie. »Ich bin in zehn Minuten fertig.«

*

An diesem Morgen wollte ich lieber nicht riskieren, Colette zu begegnen. Ich wartete unten auf der Straße, zusammen mit den Rauchern, während Nicola im Lift nach oben fuhr, um nach einem praktischen Arzt zu fragen. Sie kam mit dem Namen einer Ärztin zurück, die ihre Praxis nur fünf Minuten von hier hatte, in der Bourke Street. Nicola hatte den Hals wieder nach vorn gestreckt, und ihr Gang war mühsam: wir bewegten uns langsam, und die Treppe vor dem Gebäude stiegen wir hinauf wie Kleinkinder, indem wir auf jede Stufe beide Füße setzten.

Was für ein verrücktes Huhn würde diese neue Ärztin wohl sein? Aber als ich sie sah, wie sie ins Wartezimmer kam und Nicola aufrief, atmete ich auf. Es handelte sich um eine elegante, zaundürre Frau gegen vierzig, in einer eng anliegenden Jacke und einem ebensolchen Rock, die ihre drahtige Gestalt knapp umschlossen; Knöchel und Spann waren so knochig, dass sie schlurfen musste, um ihre hochhackigen Sandaletten nicht zu verlieren. Ihr Haar war elastisch wie ein Topfkratzer, und ihr Gesicht wurde von einem halben Lächeln grimmiger Ironie aufgehellt. Wenn Tuckey für Nicola der ideale Doktor war, dann war es Naomi Caplan für mich.

Ich blieb sitzen und atmete kontrolliert, während Nicola verschwand und die Tür zufiel. Erst herrschte konzentrierte Stille, dann hob sich die Stimme der Ärztin am Telefon mit ungeduldigem Nachdruck. Ich wartete. Ich las die *Women's Weekly* von vorn bis hinten. Ein Faxgerät piepste und schob surrend ein Papier heraus. Die Ärztin kam an das Empfangspult, schnappte sich das Blatt und verschwand erneut im Behandlungszimmer. Ich hätte ewig so warten können.

Schließlich erschienen die beiden wieder. Nicola hielt ein gefaltetes Blatt Papier in der Hand. Ihr Lächeln war demütig, das der Ärztin funkelte stählern.

»Sind Sie die Freundin?«, fragte mich Frau Dr. Caplan.

»In keiner Apotheke der Stadt kriegen Sie so kurzfristig Morphium. Ich würde Ihnen raten, fahren Sie ins Epworth-Krankenhaus. Die machen Ihnen das sofort.« Sie nickte und drehte sich auf ihrem schmalen Absatz um.

Ich hätte ihr nachlaufen und Dankesworte und Erklärungen stammeln wollen: *Ich kann nichts dafür. Ich bin nicht so wie sie. Ich bin vernünftig!* Die Tür schlug zu. Nicola wühlte in ihrer Stofftasche nach einer Kreditkarte. Ich ging nach draußen und stellte mich in die frische Luft. Die Welt glitzerte unerträglich hell.

In einem Café bestellten wir zwei Gemüsesäfte und saßen schweigend nebeneinander am Tisch. Wenn sie mich ansah, wirkte ihr Gesicht demütig, aber verschlossen. Ich fragte nicht, was im Behandlungszimmer geschehen war. Um zehn schlurfte sie zurück ins Theodore. Ich nahm die

Straßenbahn, die an der Wellington Parade entlang nach East Melbourne fuhr.

Ich war auf ein Streitgespräch in der Apotheke des Epworth-Krankenhauses gefasst. Eine unsinnige Wut flammte in mir auf, während die Straßenbahn an den Fitzroy Gardens entlang die Steigung hinauftuckerte. Ich erinnerte mich, wie ich meinen guten Freund Damian in einem berühmten Universitätskrankenhaus besucht hatte, als er sich durch das letzte Stadium seiner zwanzig Jahre lang dauernden Krebserkrankung schleppte: er hatte sich etwas gebrochen, und der Bruch sollte gleich geklammert werden. Während ich bei ihm am Bett saß, begann er zu schwitzen und sich unter der Bettdecke zu winden. Es war halb sechs. Er bat mich, ins Schwesternzimmer zu gehen und dort jemanden daran zu erinnern, dass er in dreißig Minuten seine nächste Dosis Tabletten bekommen müsse. Um ihn bei Laune zu halten, schlenderte ich an die Theke und gab die überflüssige Botschaft weiter. Ich versuchte noch, einen Witz daraus zu machen. Aber der Krankenpfleger, ein junger Mann, war alles andere als beleidigt. Er sog die Luft scharf ein. »Um die Wahrheit zu sagen«, sagte er, »könnte das schwierig werden. Die Person, die den Schlüssel für den Schrank hat, hätte schon vor zwei Stunden hier sein müssen.«

Schlüssel? Schrank? In welchem Jahrhundert lebten wir denn? Und auf welchem Planeten?

Ich fragte ihn, was das denn für Tabletten seien. Er nannte den Namen. Ich erinnerte mich, dass ich drei ungeöffnete Schachteln davon am Abend zuvor bei Damian zu Hause gesehen hatte, als ich im Bad nach Zahncreme suchte. »Ich nehme nicht an«, sagte der Krankenpfleger, »dass Sie zu ihm nach Hause gehen und die Tabletten holen könnten?«

Damians Wohnung lag einen knappen Kilometer vom Krankenhaus entfernt. Weit und breit kein Taxi zu sehen. Ich rannte. Ich hetzte durch enge Gassen, und meine Tasche schlug mir gegen den Rücken. Damians Frau machte mir die Tür auf. Wir fanden die Tabletten. Ich packte die Schachteln und drehte mich auf dem Absatz um. Um zwei Minuten nach sechs schlitterte ich ins Krankenzimmer. »Gib her«, sagte Damian. »Gib sofort her.« Ich rannte geradewegs an ihm vorbei und warf sie dem Pfleger zu. Das war das letzte Mal, dass ich Damian sah. Wir haben uns nicht mehr voneinander verabschiedet. Drei Tage später war er tot.

Ich stieg aus der Straßenbahn und betrat die Apotheke des Epworth.

Ein Mädchen in blauem Overall nahm das Rezept, musterte mich kurz und sagte gleichmütig: »Das wird ungefähr zehn Minuten dauern.« Ich setzte mich auf eine gepolsterte Bank. Nicolas Name wurde aufgerufen. Ich unterschrieb die Bescheinigung. Ich bekam eine Pappschachtel ausgehändigt. Wieder auf der Bridge Road, stellte ich mich an der Straßenbahnhaltestelle in die Sonne, noch ganz benommen von der Geschwindigkeit dieser ganzen Aktion.

Wieso eigentlich diese ganze Wut? Ich musste netter zu ihr sein. Sterben machte Angst. Aber ich konnte mir leichter vornehmen, einfühlsam mit ihr umzugehen, wenn ich eine Packung Retard-Morphiumkapseln in der Tasche hatte.

*

An diesem Abend kam Nicola wieder zitternd vor Kälte und Schwäche aus der Klinik zurück. Etwas zu essen kam nicht infrage. Sie hätte sich waschen müssen, aber allein schon die Vorstellung, dass ihr Wasser auf die Haut prasseln könnte, war zu viel für sie. Ich half ihr ins Bett und wusch ihr Gesicht und Hals und dann die Füße mit einem feuchten Waschlappen. Danach wollte sie allein sein. Eigentlich gehörte sie zu den Menschen, die stets in frischer Luft schlafen wollen: sie hatte immer damit geprahlt, dass an ihrem Internat in den Southern Highlands die Mädchen sommers wie winters ihren Schlafsaal auf einer offenen Veranda hatten. Ihr Haus in der Nähe von Palm Beach ließ jede vorbeiwehende Brise ein; ihr Leben dort war eine Art besseres Camping gewesen. Jetzt jedoch wollte sie das Zimmer dunkel und stickig haben und die Fenster fest verschlossen.

Ich kochte mir einen Teller Spiralnudeln und aß sie vor dem Fernseher. Noch bevor die Nachrichten endeten, war ich auf der Couch eingeschlafen. Da läutete das Telefon, und ich tapste hinaus und nahm ab. Eine junge Frau mit einer sanften, ängstlichen Stimme wollte Nicola sprechen.

»Es geht ihr heute Abend nicht besonders gut«, sagte ich. »Könnten Sie vielleicht morgen früh noch mal anrufen?«

»Ach bitte, lassen Sie mich doch mit ihr sprechen«, sagte die Anruferin. »Ich habe erst heute erfahren, dass sie krank ist. Ich bin die Tochter von Hamish – sie freut sich bestimmt, wenn sie mich hört. Könnte ich nicht schnell ein paar Worte mit ihr reden?«

Ich trug das schnurlose Telefon durch die Diele zu Nicolas Tür. Das Licht brannte; ich glaubte sie stöhnen zu hören.

Ich öffnete die Tür und hielt ihr das Telefon entgegen. »Die Tochter von Hamish?«

Sie schüttelte den Kopf und hob die Hand. Ich sagte rasch ein paar Worte und legte auf.

»Es ist wieder die Schulter«, sagte Nicola. »Und der Hals. Und nun auch noch Schmerzen an einer neuen Stelle. Mitten im Bauch. Ich habe schreckliche Angst, dass das die Leber sein könnte.«

Ich brachte eine von den Morphiumkapseln herein und hob sie zwischen Daumen und Zeigefinger in die Höhe wie eine Oblate. Sie sah sie misstrauisch an.

»Nicola. Nimm die jetzt.«

»Ich möchte nicht abhängig werden.«

»Du wirst nicht abhängig. Sie hilft dir einzuschlafen.« Ich schenkte ihr ein Glas Wasser ein.

Sie schüttelte den Kopf. »Ich hatte doch heute wieder das Vitamin C. Wahrscheinlich tut mir deswegen die Schulter noch mehr weh. Das sind nur die Gifte, die jetzt ausgestoßen werden.«

Ich legte die Tablette auf den Nachttisch und stellte das Glas daneben. »Na gut. Kann ich dir sonst etwas bringen?«

»Mir ist ein bisschen übel. Ich nehme nicht an, dass du Limonade dahast?«

Ich radelte den Seitenweg hinunter und sauste im Dunkeln zur Milchbar. Ja, es brannte noch Licht. Der junge Besitzer wischte gerade den Boden. Wie schaffte er es bloß, nie seine liebenswürdige Höflichkeit zu verlieren, bei diesen fürchterlichen Öffnungszeiten? Neben der Kasse stand eine flache Schachtel mit Schokokugeln. Er und seine schwangere Frau hatten da hinten im Haus bestimmt Stunden damit verbracht, diese Süßigkeiten, die sie einzeln zwischen sich auf dem Tisch liegen hatten, zu jeweils zehn Stück in kleine Quadrate von Alufolie zu wickeln und jedes dieser winzigen Päckchen mit etwas Klebeband zu einem Hörnchen zu formen. Ich nahm mir eins und holte dann eine Flasche Limonade aus dem Kühlregal. Während ich durch die leeren Straßen zurückfuhr, lenkte ich das Fahrrad mit einer Hand und stopfte mir mit der anderen Schokokugeln in den Mund. Die Flasche Limonade rollte im Korb hin und her.

Sie ließ sich ein Glas voll in die Hand drücken, aber es sprudelte noch zu stark, also setzte sie sich im Bett auf, den Kopf vorgestreckt wie eine Schildkröte, und wartete darauf, dass das Sprudeln nachließ.

»Ich habe heute schon überlegt«, sagte sie, »dass ich etwas über das Theodore Institute schreiben sollte. Es könnte hilfreich für sie sein. Die brauchen dringend Publicity.«

Ich konnte sie nicht anschauen.

»Ich verstehe einfach nicht«, sagte ich, »wie sie dir immer noch dieses Vitamin C verabreichen können, wo sie doch wissen, wie schrecklich sich das bei dir auswirkt. Wozu soll das denn gut sein?«

»Aber Helen«, flüsterte sie. »Das ist doch bei einer Chemo oder bei einer Bestrahlung genau das Gleiche. Da weiß auch niemand, wie das eigentlich helfen soll, aber man macht es trotzdem.«

Darauf fiel mir nichts ein. Ich setzte mich auf den Hartschalenstuhl in der Ecke.

»Meine Liebe«, flüsterte sie nach einer Weile, »ich glaube, ich nehme jetzt doch das Morphium.«

*

Eine Dreiviertelstunde später hörte ich, dass sie sich regte. Sie hatte sich im Bett wieder aufgesetzt, die Schultern bis auf die Knie gebeugt.

»Was ist denn los, altes Haus?«

»Das ist bestimmt nur das üble Zeug, das herauskommt. Ich möchte in ein, zwei Minuten vielleicht mal versuchen, mich auf den Bauch zu legen.«

»Gut. Was soll ich machen?«

Sie schwieg. Ich wartete neben dem Bett. Eine halbe Minute verging.

»Ich glaube, ich probier's jetzt mal.«

Ich trat vor. Wie dreht man jemanden um, der Schmerzen in der Schulter, im Hals, im Bauch hat? Wo soll man da anpacken? In meiner Ratlosigkeit stand ich hilflos neben ihr. Nach einer Weile hörte ich sie entschlossen Atem holen. Sie stieß ihn in mehreren heftigen Grunzlauten wieder aus und drehte sich dabei auf die Seite, dann bat sie mich, ihr ein Kissen unterzuschieben, und brach bäuchlings darauf zusammen.

*

Kurz nach Mitternacht rief sie nach mir. Ihr Bett war schweißnass. Die Schmerzen schienen jedoch nachgelassen zu haben, deshalb schickte ich sie auf die Couch im großen Hinterzimmer, während ich das Bett frisch bezog. Als ich herauskam, saß sie gegen die Kissen gelehnt da, etwas benommen vom Morphium, aber gedanklich klar.

»Ich habe vorhin da drin gelegen«, sagte sie, »und gedacht, so ein Mist. Ich hätte doch nicht die schwächsten Tabletten verlangen sollen.«

Sie hat die schwächsten Tabletten verlangt.

Mir gaben die Knie nach. Mit dem Haufen nassem Bettzeug im Arm sank ich auf die Armlehne der Couch.

»Nicola«, sagte ich. »Ich muss dir jetzt mal etwas sagen. Ich glaube nicht, dass ich so weitermachen kann, wenn du mich nicht am Montag die Leute von der Palliativmedizin anrufen lässt.«

Sie wurde sofort ganz starr. »Ich hab dir doch gesagt – ich brauch das nicht.«

»Das sind überhaupt nicht die Todesengel. Nur ein paar junge Frauen mit Auto.«

»Nein, habe ich gesagt.«

»Wenn wir uns auf deren Liste eintragen, dann würden sie ins Haus kommen, wenn wir sie brauchen. Sie können einem helfen, die Nacht einigermaßen gut zu überstehen. Sie sind ungefähr das Gleiche wie eine Diakonieschwester.«

Sie bäumte sich in den Kissen auf. »Ich brauche keine Schwester.«

Ich ließ das Bettzeug zu Boden fallen. Dann stieß ich es mit den Füßen bis zur Waschküche und stopfte es in die Waschmaschine. Ich blieb dort, klappte das Bügelbrett zusammen und lehnte es an die Wand. Ich sortierte einen Korb trockene Wäsche. Ich blieb bei diesen Utensilien für Sauberkeit und Ordnung, bis ich mich wieder gefangen hatte. Als ich aus der Waschküche trat, sprach sie mich von der Couch her in hochmütigem Ton an, ohne die Augen zu öffnen.

»Mir ist jetzt klar, was ich mache. Ich nehme mir ein Zimmer mit Bedienung. Oder ziehe in so ein verrücktes kleines Hotel in South Yarra. Ich bin ja nur noch vierzehn Tage hier. Ich möchte niemandem zur Last fallen.«

Ich lehnte mich an den Kühlschrank. Die knubbeligen Magnetsticker, die die Listen und Gedächtnisstützen hielten, drückten sich mir in den Rücken. Ich drehte mich um und ordnete sie zu einem schlichten Muster: hier die Zitronen, hier die bemalten Rosen, hier die beiden goldenen Bienen, die Hughie so liebte. Ich trug die Wärmflasche zum Wasserkocher, füllte sie und reichte sie ihr auf die Couch. Sie hielt die Augen noch immer geschlossen. Im Gästezimmer bezog ich ihr Bett neu und schüttelte die Kissen auf.

Dann schleppte ich mich in mein eigenes Zimmer und kroch unter die Decke.

Was hatte ich mir da bloß eingebrockt?

Der Tod hatte sich bei mir einquartiert. Seine Gesetze stießen jedes neue Leben mit einer schrecklichen Gewalt beiseite. Ich sehnte mich nach den Kindern, die nebenan wohnten, nach ihren kleinen, fest umrissenen, vor Lebenskraft pulsierenden Körpern. Es war kurz vor eins, und ich lag hellwach mit offenen Augen da. Ich glaubte in der Küche Bewegungen zu hören, vielleicht eine murmelnde Stimme, aber ich musste unbedingt vor zwei Uhr einschlafen, vor der Stunde, zu der die Dürre, die Flüchtlingslager, der sterbende Planet und alle meine eigenen Fehler und Gemeinheiten hier eindringen und mich verfolgen würden.

Auf dem Nachttisch lag das Manuskript eines Romans von einer Vietnamesin, das ich schon letzte Woche hätte lesen sollen. Aufs Geratewohl schlug ich eine Seite auf. Die Protagonisten arbeiteten offenbar für einen Hungerlohn in einem Ausbeuterbetrieb und mussten unter den Augen eines erbarmungslos grausamen Aufsehers undankbarerweise minderwertiges Zeug zusammennähen. »In solchen elenden Zeiten«, stellte die Erzählerin fest, »hilft einem jedes Lied, an das man sich irgendwie erinnern kann, die Zeit zu vertreiben.«

Meine Ukulele, die auf dem Boden lag, war schon ganz verstaubt. Ich zog sie am Hals aus ihrem Kasten und wiegte sie eine Weile im Arm. Mit ihrer festen, gerundeten Form wirkte sie tröstlich auf mich. Sie war noch gestimmt. Die Schlafzimmertür stand zwar offen, aber das Morphium hatte inzwischen bestimmt gewirkt. Ich setzte mich im Bett auf und spielte leise. Fast flüsternd sang ich den »Tennessee Waltz« und »After the Ball«: langsame Stücke im Dreivierteltakt, bei denen es mir gelang, halbwegs fehlerfrei den nächsten Akkord richtig zu greifen und dabei im Takt zu bleiben. Dann schwieg ich und strich nur noch ganz leicht über die Saiten, fast ohne einen Ton zu erzeugen.

Ich legte die Ukulele gerade wieder in ihren Kasten zurück, als sie über die Diele rief:

»Hel?«

»Ich bin hier.«

»Gute Nacht. Wir rufen die Palliativ-Leute am Montag an.«

GOTT SEGNE das Morphium. Am Morgen war sie in bester Stimmung und auf etwas schuldbewusste Art und Weise sehr liebevoll. Beim Frühstück schluckte sie noch eine Tablette und sah von ihrem Platz am Küchentisch in den Garten hinaus.

»Heute ist ein schöner Tag«, rief sie mit hektischem Eifer.

»Wir sollten uns den Garten vornehmen. Und ein bisschen jäten.«

»Ach wo«, sagte ich. »Fahren wir lieber in die Gärtnerei. Du kannst mir sagen, was für heimische Pflanzen ich kaufen soll.«

Der Tag verging mit anspruchslosem Zeitvertreib. Wir lasen, wir dösten, wir fuhren zum Videoverleih und zum Supermarkt. In der Gärtnerei am Ufer des Maribyrnong ließ sie mich Grevilleen kaufen, »weil die später so ein staubiges Rosa kriegen«. In meiner Vorratskammer fand sie ein Tütchen Kapuzinerkressesamen, trug es nach draußen und drückte die Samen mit dem Daumen in die Erde, den ganzen Eingangsweg entlang.

Bessie klopfte ans Küchenfenster und bat mich um einen Joghurt mit Nüssen.

»Morgen Nachmittag bin ich bei einer Flamenco-Vorführung dabei«, rief sie. »Auf einer richtigen Bühne.«

Ich reichte ihr ihren Imbiss durch den Türspalt hinaus, und sie aß ihn auf der Veranda, wobei sie uns durch die Glastür über die Schulter zulächelte, dann rannte sie wieder zu der Lücke im Zaun und ließ die leere Schale samt Löffel auf der Fußmatte stehen.

Vor dem Abendessen machte Nicola uns zwei mächtige Gin Tonic, und wir tranken sie vor dem Fernseher, um uns damit gegen die neuesten Nachrichten aus der Welt zu wappnen. Später schauten wir uns die DVD an, die sie ausgesucht hatte, *Million Dollar Baby.* Uns gefiel es, wie die Boxerin mit erhobenen Fäusten aus ihrer Ecke sprang: *Ich krieg dich schon!* Ich für mein Teil fand das Ende zu gefühlvoll; Nicola weinte; und anschließend lobten wir beide Hilary Swank bis über den grünen Klee. So war es früher immer bei uns gewesen. Es war einfach.

Sie nahm das Morphium nach den Anweisungen auf der Packung ein. Ohne das intravenös verabreichte Vitamin C wirkte es Wunder und sorgte für eine ruhige Nacht.

Doch am Sonntag rief meine Freundin Peggy an, die Nicola flüchtig kannte, und lud uns zum Frühstück ein.

»Das ist aber nett von ihr«, sagte Nicola. »Ich dachte, ihr beide hättet euch wieder entzweit?«

»Ach, das passiert bei uns öfter. Wir kriegen es aber immer wieder hin. Im Dezember fahren wir für ein paar Wochen nach Europa.«

»Nach Europa?« Sie schwieg einen Augenblick. »Das ist ja himmlisch.«

Wir fuhren nach Fitzroy. Als Peggy, chic und gut frisiert, die Tür öffnete, sprang Nicola förmlich ins Haus und lief geradewegs in die Küche, grinste und warf mit Komplimenten und kleinen Ausrufen nur so um sich, wobei sie ihren vornehmsten Akzent zum Einsatz brachte: es war eine gewaltige Zurschaustellung, dass sie lebte. Und mir ging es schrecklich auf die Nerven. Auf der Anrichte stand eine Schale mit Walnüssen. Ich nahm mir ein paar und knackte sie zwischen den Händen. Ich aß die ersten Nusskerne, aber das Knacken tat mir so gut, dass ich damit auch weitermachte, als ich schon genug gegessen hatte; ich versuchte bei jeder Nuss den schwächsten Punkt zu finden, und presste die harten Schalen gegeneinander, bis sie zersplitterten.

Als Nicola kurz schwieg, um wieder zu Atem zu kommen, bat uns Peggy in den Garten hinaus. Wir setzten uns unter ein Dach aus blühenden weißen Rosen, deren Blütenblätter auf das bestickte Tischtuch herabregneten. Peggy bediente uns liebenswürdig und voller Anmut: mit Keksen und einem Kuchen, Kaffee und verschiedenen interessanten Teesorten. Sie und Nicola sprachen mit Seufzern und schiefem Lächeln über die Schwierigkeiten, die sie mit der Pflege ihrer Mütter hatten: beides königliche Damen über neunzig, die oft schrecklich anspruchsvoll waren. Meine eigene, eine kleine, traurige und niedergeschlagene Frau, war schon seit fünf Jahren tot. Ich saß dabei und hörte zu.

»Na«, sagte Peggy schließlich. »Wie läuft's denn so bei euch drüben?«

»Also«, begann Nicola, indem sie sich vorbeugte, mit einem so gläsernen Lächeln, dass es geradezu klirrte. »Es geht alles glänzend. Helen ist eine wunderbar strenge Oberin. Aber wir mussten uns doch in den letzten paar Tagen ein bisschen Morphium besorgen. Weißt du, am Theodore Institute, das ganz großartig ist, geben sie mir alle zwei Tage eine Infusion Vitamin C.«

Sie setzte zu einer längeren Erläuterung an. Entnervt legte ich den Kopf in den Nacken und sah mir die Rosen genau an. Etliche waren schon am Verwelken und ließen die Köpfe hängen. Die Gartenschere lag neben mir auf dem Fensterbrett. Ich nahm sie und schnitt planlos ein wenig an den nächstliegenden Blüten herum.

»Das macht einem allerdings wirklich ziemlich zu schaffen«, fuhr Nicola fort, »und wenn ich heimkomme, bin ich manchmal ein bisschen erledigt.«

Ich spürte, wie sich mein Mund spitzte. Schnell stand ich auf und verließ den Tisch, wobei ich im Gehen die Schere schwenkte. An der Schuppenwand lehnte eine alte Holzleiter. Das kleine Gebäude war von den Kletterrosen umkränzt, und fast jede dritte Blüte hätte abgeschnitten werden müssen.

»Natürlich weiß ich, dass ich das unbeschadet überstehe. Ich weiß, dass das nur von dem Vitamin C kommt, das die Tumore angreift und austreibt. Aber«, sagte sie mit einem fröhlichen Lachen, »zu meinem äußersten Erstaunen und zu meiner Beschämung über meinen schrecklichen Egoismus habe ich wirklich absolut nicht begriffen, dass es für die arme Hel ein entsetzliches Schauspiel ist.«

Mit zusammengebissenen Zähnen stieg ich die ersten drei Sprossen hinauf und machte mich über die oberen Triebe der Pflanze her. *Die arme Hel.* Von meiner Schere fielen die Blüten in einem steten weißen Regen nieder. Das Ziegelsteinpflaster war schon ganz übersät.

»Deswegen habe ich gestern Abend meine himmlische Nichte Iris angerufen, bei der ich die letzten sechs Monate in Sydney gewohnt hatte, und habe sie gefragt, ob sie dieses Zittern beängstigend fand – und sie hat gesagt: ›Das fragst du noch, Mann? Es erschreckt einen zu Tode. Ich hab mir jedes Mal fast in die Hose gemacht. Du siehst dabei aus, als würdest du jeden Moment sterben.‹« Ihre Stimme hob sich und endete in einem schallenden Gesellschaftslachen.

Ich schloss den Sicherheitshaken der Gartenschere und stieg von der Leiter. Nicola rutschte auf der Bank zur Seite, um Platz für mich zu machen. Peggy schenkte mir ein und schob mir die Tasse herüber, ohne mich anzusehen.

»Und deshalb«, sagte Nicola und stürzte den Rest ihres Tees hinunter, »deshalb rufen wir morgen die Leute von der Palliativstation an. Ich weiß, dass wir sie nie werden holen müssen. Ich bin ganz sicher, dass diese Behandlung den Krebs austreibt – in zehn Tagen werde ich schon wieder topfit und auf dem Wege der Heilung sein. Dieses Palliativzeugs ist nur, damit Hel sich nicht so völlig alleingelassen und hilflos fühlt – meine arme alte Hel.«

Mir stieg das Blut in den Kopf. Nicolas Augenbrauen schossen bis zum Haaransatz hinauf. Sie zeigte mir die Zähne und lachte wieder, ein melodiöses, spöttisches Lachen, das tief aus ihrer Kehle hervorsprudelte.

»Es ist nur wegen der Nächte«, sagte ich mit erstickter Stimme. »Die Nächte sind so lang.«

Peggy warf mir einen Blick zu. Entsetzen und Mitgefühl lagen darin. Das machte mich schwach. Eine ungeheure Welle von Müdigkeit überflutete mich von Kopf bis Fuß. Ich fürchtete schon, ich könnte von der Bank rutschen und der längelang in die abgeschnittenen Rosen fallen. Gleichzeitig klirrte mir eine ganze Kette von metallenen Gedanken durch den Kopf, so als würde ein Anker herunterrasseln. Der Tod lässt sich nicht verleugnen. Das zu versuchen ist ungeheuerlich. Es treibt den Wahnsinn in die Seele. Es lässt jeden Anstand versiegen. Es vergiftet die Freundschaft und macht die Liebe zum Gespött.

❃

Nach dem Mittagessen zu Hause legte sich Nicola etwas hin, und ich fuhr durch die Stadt zum Spanischen Club. Da ich die Situation für meine Tochter und ihren Mann nicht kompliziert machen und auch nicht mit Krankheitserregern aus der Menschenmenge nach Hause fahren wollte, blieb ich ganz hinten nahe bei der Tür. Die spanischen Familien an den Tischen hörten nicht auf, fröhlich lärmend einander zuzurufen und zu trinken, selbst als die alten Männer mit den Gitarren auf den Knien schon zu klimpern und die alten Frauen mit ihren gefärbten, mit Kämmen und Blumen hoch aufgetürmten Haaren ihr wildes Klatschen begonnen hatten. Auf der schlecht beleuchteten Bühne stolzierten Bessie und ihre Gefährtinnen geschlossen nach vorn, kerzengerade aufgerichtet, mit zurückgenommenen Schultern und geschwellter Brust. Sie warfen die Arme hoch und ließen die Handgelenke und die Finger kreisen. Zu den wilden Schreien der Sänger stampften sie mit ihren hart besohlten Schuhen auf den Boden und warfen die tiefen, karmesinroten Volants ihrer Röcke hin und her. Ich brach in Tränen aus und vergrub das Gesicht in den Händen.

*

Bevor Nicola am Montagmorgen zur Klinik aufbrechen konnte, rief ich den Palliativservice »Mercy« an. Die Frau, die ans Telefon ging, hatte eine ruhige und freundliche Stimme. So wie Peggys Blick voller Sympathie unter den Kletterrosen warf mich das fast um. Ich stammelte eine verkürzte Fassung unserer Lage.

»Darf ich fragen«, sagte sie, »wie im Augenblick die Diagnose lautet?«

Ich brachte das schnurlose Telefon an den Herd, wo Nicola gerade ein Ei in einem Topf mit kochendem Wasser versenkte.

»Ich habe gerade die Dame von der Palliativstation dran«, sagte ich. »Sie muss wissen, wie deine Diagnose momentan lautet.«

Sie stand einen Augenblick ganz still, mit dem Rücken zu mir, dann drehte sie sich um, nahm das Telefon und begann mit höflicher Knappheit dieselbe Geschichte, die ich sie schon Dr. Tuckey an jenem ersten Abend in der Klinik hatte erzählen hören. Ich überquerte die Veranda, spazierte durch den Hof und inspizierte die dicken Bohnen und die Kräuter. Rings um Pflanzen soll die Luft doch besonders wohltuend sein, nicht? Ich drückte mich dazwischen und blieb tief atmend bei den üppig belaubten Bohnenstangen stehen. Bettwäsche und Kleider vom vergangenen Tag hingen noch auf der Leine. Ich nahm sie ab und warf sie mir über die Schulter. Die Stimme in der Küche verstummte. Ich trat wieder über die Schwelle und hinein in den Feuersturm von Nicolas wild funkelndem weißem Blick.

»Sie wollten dieses Wochenende herkommen«, schnarrte sie. »Um mich einzuschätzen.« Sie knallte das Telefon auf den Herd. »Ach, sieh dir das an. Jetzt ist dieses Scheißei geplatzt. Ich hasse geplatzte Eier.«

Etwas Gewalttätiges brodelte in mir auf. Ich zwang mich, mit niedergeschlagenen Augen durchs Zimmer zu gehen.

*

Gegen Mittag rief sie mich von der Klinik aus an. Sie war fröhlich und herzlich. Ob ich mir vorstellen könne, was passiert sei? Professor Theodore sei aus China zurück! Er sei ihr sehr sympathisch! Und er habe eine wunderbare Idee gehabt – nämlich dass sie nach der Behandlung mit dem Vitamin C den Nachmittag über dableiben solle, damit man beobachten könne, ob die Kälteschauer einsetzten! So dass er sie »überwachen« könne! Und nicht nur das – er habe ihr auch vorgeschlagen, Einläufe mit Kaffee zu machen! Er sei überzeugt, dass das ihre Abhängigkeit vom Morphium mindern werde. Sie würde jetzt also schnell noch losgehen, bevor man ihr die Nadel mit dem Vitamin C setzte, und irgendwo Biokaffee kaufen. Ob ich vielleicht wisse, wo sie in der Stadt welchen bekommen könne?

Gab es nicht so etwas wie ein leichtes Maschinengewehr, das Uzi genannt wurde?

»Versuch's mal in David Jones' Food Hall«, sagte ich.

»Danke, Liebste. Mach dir nicht die Mühe, heute etwas zu Abend zu kochen. Ich komme sicher erst nach acht Uhr nach Hause. Es wird hier einen zweistündigen Vortrag geben, den ich mir anhören soll – tschü-üs.«

Ich setzte mich auf die Hintertreppe und rang mit dem schwärzesten, finstersten Skeptizismus. Ich wollte nicht fanatisch werden. Wie konnte ich mich bloß von alledem frei machen? Weiterhin für sie da sein, aber mich doch frei machen? Ich rief meine Schwester Lucy an, die Religiöse in unserer Familie, eine ehemalige Nonne, und wir verabredeten uns für sechs Uhr im Waiters' Club.

*

Am Nachmittag rief mich eine Frau von der Mercy-Palliativstation an. Nein, sie seien nicht nur für Krebspatienten und Sterbende da. Sie gehörten mit zum Pflegedienst des Kreises. Sie habe angeboten, am Samstagvormittag vorbeizukommen, um uns beide kennenzulernen, aber offensichtlich sei Nicola nicht so erpicht darauf. Sie heiße Carmel, und ja, sie habe kurz Zeit, mit mir zu sprechen.

Ich ratterte die gekürzte Fassung herunter. Als ich allmählich verstummte, schwieg sie taktvoll noch einen Augenblick, bevor sie zu reden begann. In der Medizin der westlichen Welt sei es üblich, sagte sie, dass man, wenn man mit seinem Latein am Ende sei, das Handtuch werfe und das auch sage; doch solche Läden wie das Theodore Institute neigten dazu, die Menschen mit verschwommenen Hoffnungen weiter an sich zu binden, bis zum bitteren Ende.

Bis zum bitteren Ende.

»Ist Nicola gläubig?«

Ich verstummte.

Als mich mein ehemaliger Gatte vor fünfzehn Jahren mit Nicola bekannt gemacht hatte, mochte ich sie sofort. Alles an ihr – wie sie Essen auf dem Tisch arrangierte oder sich eine Zigarette drehte oder ein Stück farbigen Stoff um den Hals drapierte – wirkte unbekümmert und anmutig. In ihrer Gegenwart wurde alles langsamer und weitete sich. Ich bewunderte den indisch angehauchten Stil in ihrem Haus und die Sachen, die sie trug. Ich hatte tatsächlich ein paar Fotos von einem glutäugigen Guru in einer dunklen Ecke ihrer Bücherregale hervorlugen sehen, aber sie nahm nie auf ihn Bezug, und ich stellte keine Fragen. Ich nahm an, dass sie in Meditation und Yoga sehr bewandert sei und dass sie, falls sie einem bestimmten Glauben anhing, diesen so sehr verinnerlicht habe, dass sie nicht darüber sprechen müsse, genauso wie ich meine Abenteuer mit der Kirche für mich behielt.

In den letzten Jahren dann, kurz bevor sie krank wurde, waren buddhistische Begriffe in ihrem Gespräch aufgetaucht. Sie wusste, wie man rinpoche aussprach und wo man noch eine Eintrittskarte bekam, wenn einer von den Berühmten in die Stadt kam. Sie nahm zehntägige Vipassana-Ausbildungslager in den Blue Mountains auf sich: ihre Berichte über diese Läuterungsversuche, bei denen nicht geredet wurde, waren zwar darauf angelegt, mich zum Lachen zu bringen, aber sie kam jedes Mal ganz euphorisch in die Stadt zurück. Gelegentlich erwähnte sie Wochenendkurse oder neue Freunde, deren Namen wie erfunden klangen; sie hatte begonnen, kleine Armreifen aus Draht zu tragen oder eine Kette aus knotigen dunkelroten Holzperlen. Deshalb nahm ich an, dass sie sich, wie das jeder tun muss, irgendwo in ihrem freizügigen Wesen still und leise mit dem versah, was man zum Sterben brauchte – gleichgültig, was es war.

»Kommt darauf an«, sagte ich schließlich, »was Sie gläubig nennen.«

»Ich frage nur, weil ich bei meiner Arbeit die Erfahrung gemacht habe«, sagte Carmel, »dass es Menschen gibt, die sich nie, nie eingestehen würden, dass der Tod auf sie zukommt. Sie kämpfen weiter bis zum letzten Atemzug.« Sie hielt kurz inne. »Und das ist auch durchaus eine Möglichkeit, damit umzugehen.«

Wieder überkam mich unendliche Schwäche. Ich spürte, dass ich tatsächlich auf diesen einen glorreichen Augenblick der Erleuchtung hingearbeitet hatte, wo Nicola ihre manischen Verteidigungsstrategien ablegen würde; wo sie sich umblicken, tief Atem holen und sagen würde: »Also gut! Ich werde sterben. Ich füge mich darein. Jetzt verbringe ich den Rest meines Lebens in Wahrhaftigkeit.«

»Und nach allem, was Sie mir erzählt haben«, sagte die Schwester mit ihrer sanften, vorwurfslosen Stimme, »frage ich mich, ob Sie nicht versuchen sollten, sich damit abzufinden, dass Nicola vielleicht zu dieser Art von Menschen gehört. Dass sie vielleicht in diesem Zustand ... sterben wird.«

*

Während ich noch an der Parliament Station die Stufen hinaufstieg, erblickte ich schon Lucie, die auf ihrem Tourenrad in die Little Collins Street einbog. Das Rad besaß große, zuverlässig aussehende Gepäcktaschen, und obwohl die Sonne noch nicht untergegangen war, hatte Lucie eines von jenen schnell blinkenden Rücklichtern eingeschaltet, die draußen in der Landschaft kilometerweit leuchten. Als ich bei ihr ankam, kettete sie das Fahrrad gerade an einem Geländer an. Obwohl es erst sechs Uhr war, betraten wir keineswegs als erste Gäste den Waiters' Club: oben, am Ende der Holztreppe, ging es bereits heiß her. Wir bestellten beide gegrillte Flunder. Die Kellnerin brachte den Wein in Wassergläsern, und ich stürzte ihn hinunter. Lucie sah an meinem Gesichtsausdruck, dass ich es heute brauchen würde, das ganze Gespräch zu bestimmen. Ich fing mit den Einläufen an.

»Wenn sie Verstopfung hat«, sagte sie, »könnte ein Einlauf das Ganze in Bewegung bringen – das lindert vielleicht ihre Bauchschmerzen.«

»Ja, das leuchtet mir ein. Ich bin wirklich die Letzte, die etwas gegen Einläufe hat. Aber mit Kaffee? Hilft Kaffee denn gegen Schmerzen? Und offensichtlich muss es auch noch Biokaffee sein.«

»Großer Gott! Der kommt doch nur in ihren Hintern – würde da nicht auch Instantkaffee ausreichen?«

»Der Chef der Klinik sagt, dass das vielleicht ihre Abhängigkeit vom Morphium verringert.«

»Was für eine Abhängigkeit? Stopft sie sich vielleicht damit voll? Hat es ihr schon das Gehirn weggepustet? Und stellt sie sich jeden Morgen als Erstes bei ihrem Arzt an?«

Ach, was war das für eine wahnsinnige Erleichterung, zu petzen, Verrat zu begehen.

Wir tranken; wir verschlangen den flachen, blassen Fisch; wir putzten einen Salat weg und einen ganzen Berg Pfannkuchen mit Zitronensauce, und während wir aßen, quasselte ich sie voll, und Lucie lachte sich krank. Als der Espresso kam, wurden wir beide ruhiger, und sie begann ihre Analyse.

»Es wundert mich gar nicht, dass sie über deine Angst gelacht hat. Ein solches Lachen ist eine Art Aggression, verstehst du? Du bist die Überbringerin der schlimmen Botschaft. Dafür, dass du ihr die klarzumachen versuchst, würde sie dich am liebsten umbringen. Sie versucht alles, um sie sich vom Leib zu halten – als würde allein schon die Nachricht sie auf der Stelle töten.«

»Aber warum wollte sie dann ausgerechnet bei mir wohnen?«

»Anscheinend vertraut sie dir. Du kannst das als Kompliment auffassen.«

»Das tu ich. Aber es gibt doch auch in Sydney Kliniken, wo man so eine bescheuerte Behandlung machen lassen kann. Dort hat sie jede Menge Freunde – aus Zeiten, als ich sie noch gar nicht kannte. Die hätten bestimmt überhaupt kein Problem mit Ozon und Schröpfköpfen. Und sie würden ihr nicht ständig den Boden unter den Füßen wegziehen. Ich habe wirklich Angst, dass sie mich zu so einer schrecklichen strafenden Mutter macht.«

Lucie leerte die winzige Tasse Kaffee. »Vor Jahren, als ich selber noch mit Krebspatienten gearbeitet habe, da gab es einen Mann, zu dem ich mich hie und da ans Bett gesetzt habe; er lag im Sterben, aber seine Familie tat so, als ginge es ihm schon wieder besser. Nach einiger Zeit hing er sehr an mir, glaube ich. Ich hatte ihn gern. Wir führten oft lange Gespräche über das Leben, auf die ich mich immer schon freute. An diesem einen Tag war meine Schicht bereits vorbei – ich war müde, und die Füße taten mir weh. Ich hätte schon weg sein sollen. Auf dem Weg nach draußen schaute ich nur noch mal schnell bei ihm hinein, und er schleuderte mir entgegen: ›Bei mir dauert es nicht mehr lange, nicht wahr?‹ Ich war darauf nicht vorbereitet – ich gab eine ausweichende Antwort. Er wandte sich ab und sagte in gelangweiltem, abweisendem Ton: ›Wenn Sie das sagen.‹ Ich war ganz aus der Fassung. Er hatte sich mir geöffnet, und ich hatte es vermasselt. Als ich ging, hatte ich das Gefühl, ihm gegenüber versagt zu haben. Aber bis ich heimkam, war mir klar geworden, dass es gar nicht darauf ankam, wie armselig meine Antwort ausgefallen war. Denn zwischen uns bestand ein stilles Einvernehmen. Es war niemand sonst in seinem Zimmer, es war damals niemand sonst in seinem Leben, der ›das sagen‹ hätte können.«

Sie lächelte mich mit zur Seite geneigtem Kopf an. Ich verkniff mir gerade noch die Bemerkung »Huch, du siehst gerade aus wie Mum«: das wurde bei uns nämlich nicht als Kompliment betrachtet.

»Du meinst also, ich muss ›das sagen‹ und gleichzeitig doch nicht sagen?«

»Vielleicht hat sie dich gerade dazu ausgesucht.« Sie drehte ihre Papierserviette zusammen und stopfte sie in eins der Gläser. »Oder vielleicht ist sie ... bewusst oder unbewusst ... zu dir gekommen, um zu sterben.«

Ich blickte entsetzt auf. »Aber ich verreise im Dezember. Ich habe das Ticket schon bezahlt.«

»Keine Angst«, sagte Lucie und öffnete die Schnalle an ihrer dicken ledernen Geldbörse. »So etwas kann man sowieso nicht planen. Stadium vier kann noch jahrelang dauern.«

»Aber glaubst du denn tatsächlich, dass sie deswegen zu mir gekommen ist?«

»Um sich einer Behandlung zu unterziehen, ist es eigentlich eine zu weite Reise. Und es klingt auch, als hätte sie dich ganz schön im Griff. Genau dann werden Mütter ja strafend. Wenn ihr Dienst niemals endet.«

Sie lachte und zeigte auf meine Hände, die ineinandergekrampft auf der Tischplatte lagen. Die Knöchel waren weiß.

»Du kämpfst darum«, sagte sie, »das zu bewahren, was dir in dieser Freundschaft so wertvoll war. Aber du möchtest nicht verrückt werden oder den Bezug zur Realität verlieren, so wie das bei ihr der Fall ist. Das ist so etwas wie Irrsinn. Und der ist ziemlich verbreitet.«

Wir teilten uns die Rechnung, häuften Scheine und Münzen auf dem klebrigen Tischtuch auf und stapften die Treppe hinunter auf die Straße.

»Gehst du manchmal zur Kommunion?«, fragte sie, während sie ihr Fahrrad vom Geländer des Parkplatzes losmachte.

»Nein. Ich finde einfach keine Kirche, die ich ertragen kann. Ich hasse es, wenn sie schwülstig werden.«

»Dann geh doch mal zu den Katholiken. Die haben's echt drauf.«

Wir lachten. Ein warmer Wind wehte zwischen den Mülleimern hindurch.

»Du, Luce. Kann ich dich was fragen? Würdest du mich segnen?«

Sie hielt inne, und die Riemen ihres Sturzhelms baumelten rechts und links von ihren glatten Wangen herab. Sie machte eine Bewegung, als wolle sie ihn abnehmen.

»Lass ihn auf«, sagte ich. »Das gibt dir so was Amtliches.«

»Manchmal«, sagte sie, »muss man nur ein einziges Gebet sagen. *Lamm Gottes. Du nimmst hinweg die Sünde der Welt.*«

Ich stellte mich vor sie hin, hörte zu und nickte. Sie legte mir die Hand auf die Stirn. *Erbarme dich unser.* Dann machte sie eine kleine kreisende Bewegung mit dem Daumen, vielleicht das Kreuzzeichen, ich konnte es nicht sehen.

»Der Herr segne dich und behüte dich«, sagte sie.

»Danke.«

»Er lasse Sein Angesicht leuchten über dir.«

Sie schnallte ihren Helm fest, schaltete die Lichter ein, küsste mich auf beide Wangen und strampelte in Richtung Westen davon.

ALS ICH in die Küche kam, brannte Licht, und Nicola stand am Arbeitstisch und kaute, wobei sie mit einer Hand immer wieder in eine große, pralle braune Papiertüte griff.

»Schau dir die mal an!«

In der hohlen Hand hielt sie mir milchweiße Kerne entgegen. »Das sind Aprikosenkerne. Du weißt schon – man zerschlägt die Steine der Aprikosen, um an sie ranzukommen, und tut sie in die Marmelade, damit sie geliert.«

»Also Pektin?«

»Vitamin B17. Das attackiert den Krebs, sagt Professor Theodore. Ich muss jeden Tag zwanzig Stück essen.« Sie hob die Hand zum Mund und fischte einen mit den Lippen heraus.

»Probier mal.«

Ich nahm einen aus der Tüte: es mussten an die zwei Kilo darin sein. Er schmeckte merkwürdig: köstlich, aber auch wild und mit einem entfernten Nachgeschmack, wie etwas, das bei falscher Dosierung giftig sein könnte. Ich aß noch ein paar. Sie schenkte mir ein kameradschaftliches Lächeln, und so standen wir da und mümmelten.

»Wie war dein Tag?«

»Sie haben mir das Vitamin C verabreicht«, sagte sie, »und dann habe ich den ganzen Nachmittag dagelegen und darauf gewartet, dass die Kälteschauer und die Hitzewellen anfingen. Kein Mucks. Kein einziges Zittern. Ich kam mir vor wie ein Vollidiot. Wie wenn man sein Auto in die Werkstatt bringt, und plötzlich läuft es wieder einwandfrei.«

Wir mussten lachen.

»Hast du wegen deiner Schmerzen nachgefragt?«

Das wischte sie auch diesmal vom Tisch. »Hör auf damit, Hel – diese Leute haben jeden Tag mit Krebs zu tun. Von Schmerzen wollen die nichts hören.«

Ich ließ ihr das durchgehen. Ich musste lernen, das durchgehen zu lassen.

»Kannst du dich an Marj aus Broken Hill erinnern?«, fragte sie fröhlich. »Die kahle Dame mit der kleinen schwarzen Toque, die du so gern mochtest? Weißt du, wie die vom Theodore Institute erfahren hat? Bei einer Séance. Deswegen ist sie diesen weiten Weg angereist. Und nächste Woche kommen sogar Leute aus Kanada! Nur für diese Behandlung!«

Sie grinste mich an und schob sich noch eine Handvoll Kerne in den Mund. Von denen, die ich schon gegessen hatte, wurde mir allmählich ein bisschen übel. Ich warf den Rest wieder in die Tüte. Unter dem Arbeitstisch fand ich ein großes Glas mit rotem Schraubverschluss und kippte die Kerne hinein. Hinter dem reinen Glas strahlten sie einen bedeutungslosen Glanz aus, wie ein Foto in einem Lifestylemagazin.

»Morgen hat die Klinik geschlossen«, sagte sie. »Wegen des Melbourne Cups. Was meinst du, sollen wir ins Kino gehen?«

*

Der Morgen war grau und mild, und die Tauben flogen. Die Rennstrecke lag kaum mehr als einen halben Kilometer von meinem Haus entfernt, und wenn der Cup stattfand, waren die Straßen unserer Vorstadt morgens und abends immer völlig verstopft, deshalb suchten wir uns einen Film aus, der auf der anderen Seite des Flusses in South Yarra gezeigt wurde, und nahmen unseren Lunch mit in den Botanischen Garten. Die Sonne kam heraus, der Tag wurde strahlend. Wir suchten uns eine Palme aus, die einen vollkommen runden Schatten warf, und machten es uns in diesem Kreis im Gras bequem. Ich packte unsere Sandwichs und unsere Wasserflaschen aus. Nicola sah immer ganz entspannt aus, wenn sie auf dem Boden saß: ihre Hüften waren in den Gelenken lockerer als die aller anderen Menschen. Ihre langen Beine breiteten sich anmutig unter ihrem ausgewaschenen himmelblauen Baumwollrock aus.

»Das Ganze ist für dich sehr schwer oder, Helen?«, sagte sie.

»Schwerer, als ich gedacht habe.«

»Was ist das Schlimmste? Das Schwitzen?«

Das war meine Chance. »Nein – sondern das Gefühl, dass wir einander mit Arglist begegnen, dass wir einander täuschen.«

Ihr Kopf fuhr herum. »Arglist? Täuschen?«

»Das hörst du bestimmt nicht gern.«

»Sprich weiter.«

Sie biss kräftig in ihr Sandwich und rückte ein wenig herum, so dass wir jetzt nebeneinander saßen und in dieselbe Richtung schauten. Indem sie den Blickkontakt aufhob, gab sie mir Freiheit, so wie man manchmal auf einer langen nächtlichen Autofahrt frei ist, mit der Wahrheit herauszurücken.

»Ich habe ernsthafte Zweifel«, sagte ich, »an dieser Klinik.«

Sie ließ den Blick über den weichen, gepflegten Rasen schweifen, der sich bis hinunter zum See zog.

»Ich kann eigentlich nicht sagen, dass mich das überrascht«, sagte sie mit einem kleinen Lachen, »ich wusste von vornherein, dass das nicht deine Sache ist. Mach dir keine Sorgen, meine Liebe. Ich weiß, dass du dein Bestes gibst.«

»Ja, aber mir kommt diese Behandlung genauso vor wie der Sauerkrautsaft von diesem Typ da oben im Hunter Valley. Ich kann mir nicht helfen, ich finde, das sind Scharlatane. Entweder das oder sie sind verblendet.«

Sie schüttelte langsam den Kopf, lächelte, kaute, lächelte immer weiter. »Du hast mich vor diesem Biochemiker gerettet – und ich bin dir ewig dankbar dafür. Aber das war ja ein Gauner. Diese Leute hier sind anders. Ich glaube an sie. Ihre Theorien haben einen soliden Grundstock. Und sie kümmern sich wirklich ganz ganz intensiv um mich.«

»Ach, und wo war dann der Chef«, sagte ich mit einiger Überwindung, »an dem Vormittag, als du ankamst? Er hat dich doch veranlasst, eine Woche früher zu kommen, und dann hat er dich sitzen lassen.«

»Das hat nur mit seiner Forschung zu tun, Hel. Er muss ja immer auf der Höhe der internationalen Entwicklungen sein.«

Ich gab nicht auf, obwohl ich mich dabei hundeelend fühlte. »Und was ist mit den anderen? Die wirken ja nicht gerade beeindruckend, oder? Wie kannst du solchen Leuten denn vertrauen?«

»Aber Helen«, sagte sie und wandte mir ehrlich überrascht das Gesicht zu, »ich muss ihnen doch vertrauen. Ich habe keine andere Wahl. Ich muss einfach voll aufdrehen und zielbewusst und entschlossen sein.«

»Genau das ist für mich das Schwierigste. Das Aufdrehen.«

Sie senkte den Blick aufs Gras. Ich tat ihr weh.

»Aber das ist die einzige Möglichkeit«, sagte sie. »Wenn ich nicht daran glaube, ist die einzige Alternative, mich hinzulegen und zu sagen, okay, ich gebe auf. Ich sterbe. Krebs, komm her und pack mich.«

Eine trockene Brise blies den Hang herauf, wehte ihre Haare empor und zeigte die erbarmungswürdige Magerkeit ihres Halses. Ich legte mein Sandwich weg und ergriff ihre Hände.

»Nicola«, sagte ich. »Das sind die beiden absoluten Extreme.«

»Ja, klar, aber das ist doch meine Situation.«

Sie klang fast verärgert. Sie wich meinem Blick aus. Sie wollte mir ihre Hände entziehen, aber ich hielt sie fest. Ich drückte sie. Ich schüttelte sie.

»Es muss doch noch einen Weg zwischen diesen beiden geben«, sagte ich. »Wollen wir ihn nicht suchen?«

Sie rutschte von mir weg und sah hinaus auf den See.

»Ich kann nicht aufgeben«, sagte sie. »Ich werde nicht aufgeben.«

»Wäre das denn ein Aufgeben? Könntest du dir nicht vorstellen, einen Tag nach dem anderen zu bewältigen? So, wie sie's bei den Anonymen Alkoholikern machen? Nicht zu sagen *ich sterbe* oder *ich sterbe nicht* – sondern einfach *heute lebe ich*?«

»Du verstehst das nicht. Für dich ist es anders.«

»Warum ist es anders?«, fragte ich. »Sind wir nicht alle gleich, vor ...« *Vor dem Tod* oder *vor Gott* hatte ich sagen wollen, aber das hätte zu pathetisch geklungen.

»Du hast alles Mögliche gemacht«, sagte sie. »Du hast gearbeitet. Du warst verheiratet.«

»Verheiratet?« Ich musste fast lachen. »Diese Katastrophe?«

»Du hast eine Familie gegründet. Ich hab mein Leben vergeudet«, sagte sie. »Schau mich an. Ich bin fünfundsechzig. Was kann ich für diese Zeit denn vorweisen?«

Ihr Mund verzog sich, aber sie behielt die Beherrschung.

»Ich hatte erstaunlich viel Glück«, sagte sie. »Ich hab ein einigermaßen gutes Aussehen mitbekommen. Geld in der Familie. Ein paar Talente. Aber ich habe alles weggeworfen. Ich habe nichts aus mir gemacht. Ich war nachlässig. Ich bin nie bei etwas geblieben. Bin gescheitert und habe einfach irgendwie weitergemacht. Ich habe mein Glück vertan. Ich habe es gegen die Wand gefahren. Kein Wunder, dass es jetzt weg ist.«

Ich hätte sie mit tausend schmeichelnden Einwänden übergießen können, aber sie saß kerzengerade da, die Hände gefaltet, und im Profil sah sie so würdevoll aus, dass es unverschämt gewesen wäre, sie zu trösten zu versuchen. So blieb ich neben ihr im Gras sitzen und folgte ihrem Blick; und der See, der Rasen, die Ulmen, die segelnden Wolken mit den flachen Unterseiten und der ganze Sommertag wurden dunkel und lösten sich vor unseren Augen auf.

*

Der Kinosaal war ruhig und leer, und als wir uns setzten, waren wir das auch. Bei dem Film handelte es sich um *Yes* von Sally Potter, mit Dialogen in jambischen Pentametern. Uns war sofort klar, dass er in diesem Land nichts als ein finanzielles Desaster werden konnte. Mit unseren schwer mitgenommenen Herzen stürzten wir uns gemeinsam hinein, und der Film rettete uns. Wir seufzten, wir weinten. Wir stießen uns gegenseitig mit den Ellbogen an. Hinter vorgehaltener Hand prusteten wir vor Lachen. Wir wären am liebsten selber Joan Allen gewesen oder wenigstens in ihren Seidenkleidern und ihren tollen italienischen Stricksachen herumgelaufen. Und wir jubelten, als die Putzfrau die Schlussworte des Films direkt in die Kamera sprach:

... tatsächlich glaube ich,
Dass es ein »Nein« nicht gibt. Es gibt nur »Ja«.

»Ach Helen«, sagte Nicola, während wir durch die Punt Road zurückfuhren. »Dieser Film ist uns von irgendeinem Gott beschert worden. Am liebsten würde ich dem Regisseur einen Fanbrief schreiben. Und heute Abend mach ich mir einen Kaffee-Einlauf.«

❃

Als wir gerade ein Flasche Wein aufmachen und uns wegen des Rennens vor den Fernseher hängen wollten, tauchten mein Schwiegersohn Mitch und sein Freund Locky aus Torquay aus meinem Schuppen auf, wo sie zusammen an ihren verrückten Gemälden gearbeitet hatten, und kamen an die Küchentür: zwei grinsende Surfer mit klaren, hellen Augen und Haaren wie Stroh.

»Können wir reinkommen?«, fragte Mitch schüchtern. »Meine Erkältung ist fast vorbei.«

Nicola mochte junge Männer, und die mochten sie auch. Sie bedachte die beiden mit einem liebenswürdigen und fragenden Lächeln, während sie ihre Kippen schnell wegwarfen und es sich in den Sesseln bequem machten.

»Du würdest es uns ja sagen, wenn das jetzt unpassend wäre«, fuhr Mitch fort. »Aber ich habe Locky gegenüber zufällig erwähnt, dass du krank bist, Nicola, und da hat er sich überlegt, ob ...«

»Ich bin so eine Art Gutachter«, sagte Locky, »und meine Firma verkauft, äääh ...«

Er stellte eine Tasche auf den Fußboden und zog mehrere flache Stücke eines gummiartigen silbergrauen Materials heraus. Die breitete er auf dem Kaffeetisch aus. Einige waren kreisförmig, andere wie ein Fußabdruck geformt. Wir sahen sie uns höflich an.

»Die sind dazu da«, sagte Locky, »das Immunsystem wieder in den optimalen Zustand zu bringen. Damit alles im Körper glatt läuft.«

Nicola rutschte in ihrem Sessel hin und her. Die Leuchtkraft ihres Lächelns ließ nach. Mitch warf ihr einen nervösen Blick zu. Die Tür ging auf, und Bessie hüpfte herein. Ihre Erkältung sei vorbei, sagte sie, aber ihre blonden Haare waren eng geflochten und zu einem Krönchen aufgesteckt, was verriet, dass offenbar Nissen auf ihrem Kopf gefunden worden waren. Sie setzte sich zu ihrem Vater auf den Schoß und beugte sich über die Gegenstände. Ein kurzes Schweigen folgte.

»Ich weiß, das klingt komisch«, sagte Locky. Er sah zu Nicola hinüber und ließ seine blendend weißen Zähne blitzen.

»Ich hätte mir auch niemals träumen lassen, dass ich mal mit einer ganzen Tasche voller Magnete bei jemandem im Wohnzimmer sitzen würde.«

Ich lachte.

»Magnete?«, fragte Nicola plötzlich wieder ganz lebhaft.

»Die bilden das Magnetfeld der Erde nach«, sagte Locky.

»Ich weiß zwar nicht genau, wie das funktioniert, aber ich schwöre, dass es funktioniert. Hätten die Damen vielleicht ein bisschen Eis aus dem Kühlschrank?«

Ich brachte ihm einen Würfel, und er setzte ihn auf eine von den kreisförmigen Formen. Das Eis begann sofort zu schmelzen: in unnatürlicher Geschwindigkeit sammelte sich ringsherum Wasser auf der grauen gummiartigen

Oberfläche und lief dann auf die Tischplatte über. Locky zog ein Papiertaschentuch aus der Tasche und wischte auf.

Bessie blieb der Mund offen stehen. »Damit könntest du als Zauberer auftreten!«

»Das ist ja wie in einem Zeichentrickfilm«, sagte Nicola.

Mitch sah glücklich von einem zum anderen. »Weißt du noch, wie mir immer die Füße wehgetan haben, Helen?«, fragte er. »Ich habe mir solche Einlegesohlen in die Schuhe gesteckt, und jetzt tun sie überhaupt nicht mehr weh.«

»Daraus werden auch Matratzenhüllen hergestellt«, sagte Locky. »Wir haben zu Hause auch eine. Ich hatte immer schreckliche Rückenschmerzen. Aber die sind jetzt weg. Wenn ich mal so eine Matte auf dem Boden vergesse, und ich komme heim, liegen natürlich diese verflixten Hunde drauf.«

Wir lachten alle, wir saßen vorgebeugt da.

»Hilft es auch bei Arthritis?«, fragte ich. »An meinen großen Zehen tun die Gelenke höllisch weh.«

Locky reichte mir ein Paar Einlegesohlen, die für mich viel zu groß waren. Ich legte sie auf den Teppich, zog meine weichen roten Sandalen aus und stellte die bloßen Füße auf das Gummizeug. Die Oberfläche war seltsam angenehm: glatt und weich, aber darunter fest. Ich saß da und wartete auf irgendeine Wirkung. Meine Augen sahen sich am Bein des Küchentischs fest. Locky redete immer weiter, in seinem gedehnten Slang: wie großartig der Silverstone Spezialfilter seiner Firma sei: das Wasser, das er liefere, sagte er, sei richtig seidig. Seine Kinder tränken es täglich, er könne sie gar nicht bremsen, während man sie früher zu jedem Glas Leitungswasser habe zwingen müssen. Seine Stimme verschwamm und wurde zu einem angenehmen, beruhigenden Element in dem allgemeinen Geräuschpegel. Ich war ganz wach, überhauptnichtmüde; und doch, als er zur Vordertür hinausschoss und ein Vorführmodell dieses Filters aus seinem Kofferraum anschleppte, musste ich meine Gedanken erst wieder auf dieses Thema zurücklenken.

Nicola saß indessen zusammengesunken in ihrem weißen Sessel und lauschte Lockys Bericht über beispielhafte Hydratation und Schmerzfreiheit, die Augenbrauen hochgezogen, den lächelnden Mund halb offen. Ich hätte fast lachen müssen: sie sah so bezaubernd unschuldig und harmlos aus wie eine Lady fortgeschrittenen Alters in einer fahrenden Minstrel Show.

Als Locky schließlich aufstand, um zu gehen, hatten wir uns überzeugen lassen, einen großen Wasserfilter und verschiedene Dinge fürs Bett vierzehn Tage lang kostenlos auszuprobieren. Nicola, die bereits völlig bekehrt war, erklärte, sie werde mir den Wasserfilter für fünfhundert Dollar kaufen.

Ich hatte ein Paar der magischen Einlegesohlen bar bezahlt und war schon dabei, sie zurechtzuschneiden, damit sie in meine Sandalen passten. Als die Hintertür hinter Bessie und den beiden Männern zufiel, blickte ich auf und stellte überrascht fest, dass es draußen bereits dunkel war. Sie hatten uns jetzt fast zwei Stunden lang unterhalten.

*

Zufällig wusste ich, wie man ein Klistier ordentlich, einfach und sauber verabreicht: ich hatte einmal in einem Heilbad auf der Insel Koh Samui einen Kurs zur Dickdarmspülung mitgemacht. Mein Bericht über diese Woche hatte uns damals Anlass zu endlosen Lachanfällen gegeben; aber das schien Nicola jetzt vergessen zu haben, und es war wohl auch nicht der richtige Moment, mit meinen Fähigkeiten anzugeben. Dennoch, als ich sie nach dem Abendessen in der Küche ihren Biokaffee zubereiten sah, fragte ich zaghaft: »Brauchst du ein bisschen Hilfe beim Einführen? Ich kann …«

Sie schüttelte den Kopf, so beschäftigt, dass sie gar nicht zuhörte.

»Trotzdem bin ich mir nicht sicher«, sagte ich, als sie sich mit ihrer ganzen Ausrüstung in Richtung Bad schleppte, »ob das eine gute Idee ist, sich vor dem Zubettgehen einen Einlauf mit Kaffee zu machen? Meinst du nicht, dass der Kaffee dich wach halten wird?«

»Warum um Himmelswillen sollte er, Liebste?«, sagte sie leichthin. »Ich trinke ihn ja nicht – ich pumpe ihn mir doch nur in den Hintern.«

Ich zog mich zurück. Hinter der geschlossenen Tür hörte ich es plumpsen und platschen, dann Schweigen, dann eine ganze Salve von Flüchen. Ich ging in mein Zimmer und legte mich zu Bett.

Mein Handy klingelte. Es war meine Freundin Rosalba aus Newcastle. Zehn Minuten lang prahlten wir beide mit unseren jeweiligen Enkelkindern, wobei wir abwechselnd sprachen und jede der anderen mit voller Aufmerksamkeit zuhörte. Dann erzählte ich ihr, dass gerade eine Freundin bei mir wohne, die sehr schwer an Krebs erkrankt sei, was bedeute, dass ich nicht so viel Zeit mit den Kindern verbringen könne wie sonst.

»Ach, die arme Frau«, sagte Rosalba. »Aber du sagst doch, sie lebt in Sydney? Warum wohnt sie dann jetzt bei dir?«

Ich erklärte das mit der Klinik und deren Behandlungsmethoden. Sie schnalzte mit der Zunge. »Drei Wochen. Das ist lang. Wo ist denn ihre Familie?«

Das war eine einfache Frage, aber ich zögerte.

»Ist sie nicht verheiratet?«

»Nein.«

»Keine Kinder?«

»Nein. Ich habe ihre Familie nie kennengelernt. Sie hat ein paar Nichten, mit denen sie sich sehr gut versteht. Und ein paar Großneffen, die sie liebt. Eine uralte Mutter. Und eine ältere Schwester, die irgendwo auf dem Land lebt und ihre eigenen Probleme hat.«

Eine leichte Strömung von stummer Verständnislosigkeit, sogar von Missbilligung drang durch die Leitung zu mir herüber. Ohne zu überlegen, sprach ich weiter.

»Sie ist eher so eine Art Bohemien, weißt du.«

»Bohemien? Was bedeutet das?«

»Das ist jemand, der an Freiheit glaubt. Der denkt, es sei wichtig, Künstler zu sein. So in der Richtung. Der kein Interesse daran hat, zu heiraten und in der üblichen Weise eine Familie zu haben.«

»Freiheit?«, sagte Rosalba. »Hm. Wenn man krank ist, geht man zu seiner Familie.«

Als ich um Mitternacht auf die Toilette ging, stand ein Eimer voll nasser Handtücher im Bad, und das ganze Haus roch wie eine Espressobar.

Im Morgengrauen stolperte Nicola ausgemergelt und zitternd in die Küche. Sie hatte fast nicht geschlafen. Ohne Kommentar stellte ich ihr ein Frühstück auf den Tisch. Binnen Kurzem hatte sie das Lächeln wieder aufgesetzt und die Augen weit aufgerissen. In Zukunft, sagte sie, würde sie die Einläufe immer morgens machen.

Am nächsten Morgen tauchte sie zerrauft und erschöpft aus dem Bad auf.

»Ich glaube, ich mach das nicht mehr. Es ist derartig schwierig, den Schließmuskel geschlossen zu halten und vom Boden aufzustehen und auf die Kloschüssel zu kommen, bevor man loslässt – ich habe es satt, dauernd Handtücher zu waschen. Wenn es nur eine Möglichkeit gäbe, den Hintern einfach über der Toilette zu lassen, dann könnte ich es viel entspannter machen.«

Sehr kleinlaut sagte ich: »Die gibt es auch. Ich hab versucht, sie dir zu erklären, aber du wolltest ja nicht zuhören.« Sie blieb stehen und sah mich beschämt mit einem halben Lächeln an. Es war ein schaler Sieg.

*

An diesem Abend kam sie bester Laune aus der Klinik heim und berichtete mir, dass ein anderer Typ sie untersucht habe:

»Der war nun wirklich ein Arzt.«

»Woher weißt du das?«

»Oh«, sagte sie, »das hat man einfach gesehen. Er hat gesagt, dass diese vermehrten Schmerzen definitiv davon herrühren, dass die Behandlung dem Krebs die Flötentöne beibringen wird.«

Ich hörte zu und nickte und lächelte, weil sie sich freute. Aber ich fragte mich, was er ihr wohl wirklich gesagt haben mochte und in welcher Sprache, denn *die Flötentöne beibringen* klang eher wie einer ihrer eigenen Ausdrücke, der aus demselben noblen altmodischen Wörterbuch stammte wie *sich entzweit haben, meine himmlische Nichte* und *so ein verrücktes kleines Hotel in South Yarra.*

*

Die schwachen Morphiumtabletten verloren allmählich ihre Wirkung. In dieser Nacht hatte Nicola ständig Schmerzen, vor allem in Hals und Schulter. Sie hatte sich dafür einen schier unerschöpflichen Vorrat an klugen Ausreden zurechtgelegt: sie habe sich beim Umdrehen im Bett einen Muskel gezerrt; das dicke Flanellnachthemd, das sie sonst immer trug, sei in der Wäsche; durchs Fenster habe es gezogen und sie habe sich deswegen die Schulter verkühlt. Als sie so sprach, hatte ich das Gefühl, mir müsse der Kopf platzen. Aber wir plagten uns weiter. Irgendwie schliefen wir ein bisschen; irgendwann graute der Morgen.

ALS NICOLA FREITAG früh zur Klinik aufbrach, war sie zwar blass vor Müdigkeit, aber freudig erregt: die *himmlische Nichte* Iris und ihr Lebensgefährte Gab würden diesen Abend mit dem Flugzeug von Sydney herüberkommen und bis Sonntagabend bleiben. Ich fuhr mit dem Fahrrad zum Einkaufen und bereitete ein vegetarisches Essen zu, dann schleppte ich meinen zweiteiligen Futon heran und legte ihn in dem Zimmer mit den Bücherregalen auf seinen Lattenrost: Leselampe, eine Blume in einer Flasche, ein paar zusammengelegte Handtücher.

Gegen fünf Uhr fuhr ein Taxi an meiner Gartentür vor. Eine hochgewachsene, dünne, sehr langbeinige junge Frau in loser Baumwollkleidung stieg aus, gefolgt von einem genauso dünnen und hochgewachsenen jungen Mann: die beiden hätten fast Zwillinge sein können, doch auf ihrem Kopf kringelte sich ein Wust brauner Locken, während er glatte schwarze Haare hatte. Sie blieben mit ihren Taschen zögernd unter den Platanen stehen und schauten nach den Hausnummern. Beim Anblick ihrer schüchternen intelligenten Gesichter überwältigten mich meine Angst und meine Müdigkeit plötzlich ganz und gar. Ich rannte den Eingangsweg hinunter und warf mich der himmlischen Nichte in die Arme.

Ich holte Wodka aus dem Kühlschrank, und wir hockten uns alle drei mit unseren Schnapsgläsern hin, um einen Plan auszuarbeiten, bevor Nicola nach Hause kam.

»Neulich abends, als sie mich wegen dieser Schüttelfrostanfälle anrief«, sagte Iris, »hab ich ihr vorgeschlagen, dass sie sich doch mal überlegen solle, ob es nicht besser wäre, wenn sie schon nach zwei Wochen nach Sydney zurückkommen würde statt nach drei. Hat sie dir davon erzählt?«

»Kein Wort«, sagte ich.

»Ich war entsetzt bei der Vorstellung, dass sie drei Wochen lang bei dir wohnt. Sie hat keinen blassen Schimmer, was sie den Leuten zumutet. Diese entnervende Heiterkeit – das allein kann einen schon nach vierundzwanzig Stunden in den Wahnsinn treiben. Aber sie wird sofort wild, wenn man sie direkt darauf anspricht. Deswegen habe ich gedacht, wenn ich ihr heimlich ein Ticket kaufe und ihr diesen Gedanken ganz vorsichtig am Telefon ins Ohr setze, dann könnte er während der Woche in ihr keimen, und bis zum Sonntag wäre sie dann so weit, mit mir und Gab nach Hause zu fliegen. Aber sie ist nicht im Geringsten darauf eingegangen. Sie hat nur immer gesagt: ›Ich weiß, dass es mir bald besser gehen wird – und wenn ich die Behandlung jetzt nicht weitermache, dann muss ich sterben.‹«

Wir verzogen alle drei die Gesichter.

»Was für eine Behandlung ist das denn genau?«, fragte Gab.

Ich versuchte, sie vorurteilsfrei zu beschreiben, wobei ich gleichzeitig auch einkalkulierte, was möglicherweise ihre Haltung zur Alternativmedizin war. Doch als ich bei der Ozonsauna mit den Elektroden angelangt war, konnten sie beide nicht mehr ernst bleiben. Wir krümmten uns auf den Couchen und konnten einander gar nicht anschauen. Mitten in unsere Lachanfälle hinein ging die Hintertür auf, und Bessie kam herein.

»Hallo, junge Dame«, sagte Iris und trocknete sich die Augen am Ärmel. »Wer bist du denn? Komm doch mal her.«

Bessie marschierte geradewegs zu der Couch und quetschte sich zwischen die Besucher. Sie taxierte die beiden gründlich, als wollte sie Maß nehmen, drehte den Kopf gelenkig hin und her und examinierte sie von oben bis unten. Iris legte Bessie den Arm um die Schultern, und wir sprachen und lachten weiter.

Das Telefon läutete. Bessie sprang hin. Sie lauschte verwirrt und reichte dann mir den Hörer. Zuerst war Schweigen, dann kam ein heiseres Krächzen, das darum kämpfte, wie eine Stimme zu klingen.

»Wer ist dran? Nicola? Bist du das?«

Sie würgte ein paar unzusammenhängende Worte hervor.

»Wo bist du denn?«

Sie sei im Theodore. Es gehe ihr nicht gut. Sie wisse nicht, wie sie nach Hause kommen solle. Ich war schon aufgesprungen und griff nach den Autoschlüsseln, als Colette an den Apparat kam.

»Helen?«, zwitscherte sie. »Hallo! Na, alles paletti bei Ihnen? Also, Nicky reagiert ein wenig auf das Vitamin C. Sie hat ein kleines bisschen Schüttelfrost – aber keine Sorge – es ist alles in Ordnung. Aber was ich Ihnen eigentlich sagen wollte, wir schließen jetzt gleich.«

Ich explodierte. »Seit wann ist sie schon in diesem Zustand?«, schrie ich. »Warum haben Sie mich nicht früher angerufen? Jetzt ist gerade Stoßzeit. Die Straßen sind völlig verstopft. Ich brauche mindestens eine Stunde, bis ich in der Stadt bin!«

Von der Couch starrten drei Gesichter zu mir herauf.

»Bitte, Helen, regen Sie sich doch nicht so auf«, sagte Colette. »Nicky ist hier neben mir. Sie lächelt. Sie lässt Ihnen ausrichten, dass es ihr ganz gut geht.«

»Was ist denn das für ein Laden?«, rief ich schrill. »Sie bilden sich doch wohl nicht ein, dass Sie sie in diesem Zustand einfach in ein Taxi stecken können? Wie soll sie denn jetzt nach Hause kommen, können Sie mir das mal sagen?«

Auf der anderen Seite wurde in gedämpftem Ton eine Absprache getroffen, die ich nicht erlauschen konnte.

»Ich habe eine gute Nachricht«, rief Colette. »Professor Theodore wohnt bei Ihnen da draußen in der Nähe. Er fährt sie zu Ihnen. Sie werden so in einer halben Stunde da sein.«

Ich knallte den Hörer auf. »Er kommt hierher. Dieser Wichser, der diese Klinik leitet. Er fährt sie heim.«

»Wer? Wer? Wer?«, fragte Bessie.

»Er soll nur kommen!«, sagte Gab. »Du machst Nicolas Zimmer fertig, und wir räumen hier auf.«

Ich nahm Bessie an der Hand und zog sie, obwohl sie protestierte, zu der Lücke im Zaun. »Ich werde vielleicht mit jemandem sehr böse reden müssen«, sagte ich, »und ich will nicht, dass du das hörst.«

Dann sauste ich in mein Arbeitszimmer und wählte die Nummer einer Rechtsanwältin, die ich kannte. Sie saß noch an ihrem Schreibtisch.

»Hör zu. Ich muss eine Beschwerde einreichen, über eine zweifelhafte alternative Klinik. An welche Behörde soll ich mich da wenden?«

»Das wäre die *Health Services Commission*, glaube ich«, sagte sie ruhig. »Was ist denn los?«

»Ich muss ein paar Drohungen aussprechen, und da möchte ich nicht, dass sie unglaubwürdig klingen.«

Es verging eine halbe Stunde, eine Stunde. Ich rannte immer wieder zur Vordertür hinaus und schaute die Straße hinauf und hinunter. Keine Spur von ihnen. Um sieben Uhr war ich völlig in Panik.

Ich suchte das Kärtchen der Klinik heraus und rief unter der Nummer an. Der Anrufbeantworter war eingeschaltet: das Büro sei bis Montag geschlossen. Am unteren Rand des Kärtchens stand eine Handynummer. Ich wählte sie. Ein Mann meldete sich.

»Ich suche meine Freundin Nicola, sie ist Patientin im Theodore Institute«, sagte ich. »Irgendjemand bringt sie gerade nach Hause, und ich mache mir große Sorgen – haben Sie eine Ahnung, wo sie ist?«

»Ja, Nicola ist bei mir«, sagte der Mann. »Wir biegen gerade in die Mount Alexander Road ein.«

»Geht es ihr gut?«

»Ja. Wir müssten in zehn Minuten bei Ihnen sein.«

»Sind Sie Professor Theodore?«

»Der bin ich.«

»Ich muss ein sehr ernstes Wort mit Ihnen reden«, sagte ich. »Über Nicolas Behandlung.«

»Also«, sagte er, »egal, was Sie sagen wollen, sagen Sie es lieber gleich.«

Ich hörte den Verkehrslärm. »Ich bin nicht bereit, dieses Gespräch mit Ihnen über Handy zu führen, während meine Freundin bei Ihnen im Auto sitzt.«

»Das ist aber leider Ihre letzte Möglichkeit«, antwortete er gleichgültig. »Ich fliege gleich morgen früh weg.«

Wie bitte? Er haute schon wieder ab? Mir begannen die Hände zu zittern.

»Ich kann Ihnen nur raten: wenn Sie sie zum Haus bringen«, sagte ich, »dann kommen Sie mit rein.«

Die Verbindung wurde unterbrochen.

Iris kam aus dem Bad und roch frisch und nach Zitrone. Ihre verrückten Locken waren mit einem leuchtenden Baumwollband nach hinten gebunden. Sie lächelte mich an und schüttelte die Kissen der Couch auf. Gab kam in einem sauberen T-Shirt ins Zimmer.

»Alles klar, Helen«, sagte er. Er hatte dunkelbraune Augen in tiefen Höhlen. »Jetzt kann's losgehen.«

Ich hätte mich am liebsten in dankbarem Schluchzen aufgelöst. Die beiden waren jung, sie waren bei klarem Verstand, und sie waren auf meiner Seite.

*

Nicola kam als Erste durch die Fliegengittertür. Ein Mann im Anzug folgte ihr auf dem Fuße. Mit vorgestreckten Händen und entblößten Zähnen stolperte sie keuchend durch den Flur auf ihr Zimmer zu und bemühte sich zu sprechen.

»Wasser. Gib mir Wasser. Und so eine – so eine –«

»Willst du Morphium?«

Sie taumelte zu ihrem Bett. Die Knie gaben ihr nach, und sie fiel seitlich darauf.

Der Mann blieb in der Nähe der Vordertür stehen, als wolle er jeden Moment abhauen. Ich rannte in die Küche, um Wasser zu holen, und dann wieder in ihr Zimmer. Sie klapperte mit den Zähnen und war schweißüberströmt. Ich befreite sie von den durchnässten Kleidern und den Schuhen. Sie stöhnte vor Schmerzen, rang nach Luft; aber als sie das Glas Wasser ergriff und die Tablette schluckte, schaffte sie es immer noch, dieses entsetzliche, qualvolle Gesellschaftslächeln über ihr armes Gesicht zu ziehen.

Ich nahm ihr das Glas ab und lehnte sie in die Kissen zurück. Im Halbdunkeln sah sie angstvoll zu mir auf und versuchte zu sprechen.

»Jetzt werd ich mir dieses Arschloch aber mal vorknöpfen«, sagte ich. Ich drehte mich um und ging zur Tür.

»Hel«, krächzte sie mir nach. »Hel, er hat nichts falsch gemacht.«

*

Gab und Iris hatten den Professor in das große hintere Zimmer gebeten und in einem Sessel platziert. Er saß zurückgelehnt da, breitbeinig und mit den Händen auf den Armlehnen. Wir sahen uns abschätzend an. Ich hatte mir jemand Glanzvolles vorgestellt, einen sonnengebräunten Globetrotter im Hanfjackett, aber in seinem engen Anzug und mit seinen Slippern sah er eher wie ein Verkäufer oder ein Prediger aus, mit schütterem Haar und welk, aber entschlossen, seine Sache zu verfechten.

Iris brachte ein Tablett und stellte es auf den niedrigen Tisch zwischen uns. Porzellan und Glas klirrten in das peinliche Schweigen hinein.

»Leider kann ich nur eine Minute bleiben«, sagte der Professor in distanziertem Ton und nippte an seinem Tee. »Ich muss zu einer Konferenz nach Mexiko, gleich morgen früh.«

»Wie kann es eigentlich sein, dass Sie ständig die Stadt verlassen müssen?«, platzte ich heraus. »Und warum haben Sie vorhin am Telefon gesagt, dass es ihr gut geht? Sie kann nicht sprechen, sie leidet Qualen, sie ist verzweifelt – nennen Sie das Gutgehen?«

Aus den Augenwinkeln nahm ich wahr, wie Gab den Kopf senkte und auf seine Hände sah. Ich packte ein Glas Wasser und stürzte es hinunter.

»Jeder, der Erfahrung mit dieser Art Behandlung hat«, sagte der Professor, »weiß, dass solche Reaktionen ... vorübergehende Erscheinungen sind.«

»Ich habe Erfahrung. Ich hab das Ganze jetzt vierzehn Tage lang immer wieder in den Griff bekommen müssen. Ich will einfach von Ihnen wissen, warum Sie weiterhin so brutal mit ihr umgehen.«

Er sah mich gleichmütig an. »Viele Krebsbehandlungen können dem ungeübten Betrachter ›brutal‹ vorkommen«, sagte er.

»Ja, aber worauf basiert das Ganze? Wo ist der Beweis, dass dieses Vitamin C hilft? Und warum gibt es bei Ihnen kein qualifiziertes Personal, das alles beaufsichtigt?«

Er sah überrascht aus. »Unser Personal ist vollkommen qualifiziert, diese Behandlung auszuführen. Einer ist sogar Spezialist.«

Ich wechselte wieder das Thema und redete überstürzt weiter. »Warum sagen Sie den Leuten nicht die Wahrheit? Sie glaubt, dass ihr Krebs besser wird, aber Sie wissen doch ganz genau, dass das nicht stimmt.«

»Wir geben für unsere Patienten keine Prognosen ab«, sagte der Professor und stellte seine Tasse auf die Untertasse ab.

»Also, das ist eine glatte Lüge«, sagte ich. »Ich habe mir ihre Akte angesehen. Da stand groß und breit *letal.* Wie können Sie nur so mit den Menschen umgehen? Das ist eine Schande. Schämen Sie sich!«

Iris beugte sich vor und legte mir die Hand aufs Knie. Ich versuchte, mich zu beherrschen, aber als der Professor voller Ironie eine Augenbraue hob, begann ich zu toben.

»Diesmal kommen Sie damit nicht durch, ich werde Sie anzeigen.«

»Und bei wem«, sagte er gedehnt und legte den Kopf schief, »wollen Sie mich anzeigen?«

Ich warf meinen großen Trumpf ins Spiel. »Bei der Health Services Commission.«

Er gab ein ungezwungenes kleines Lachen von sich. »Und äh – wenn ich fragen darf, was wollen Sie dort genau angeben?«

In diesem Zustand nützte ich niemandem etwas, giftig und halb erstickt vor Wut, wie ich war. Mit hochrotem Kopf lehnte ich mich auf meinem Stuhl zurück.

Gab atmete tief durch. »Hören Sie, Herr Professor Theodore«, sagte er mit seiner weichen, vernünftigen Stimme. »Iris und ich sind beide auf jeden Fall eher für alternative Behandlungsmethoden. Aber uns macht es schwer zu schaffen, in welchem Zustand Nicola immer nach Hause kommt. Und wir würden gern wissen, ob Sie uns nicht die wissenschaftliche Grundlage für die Behandlungen, die Ihre Klinik anbietet, angeben könnten, vor allem die mit dem Vitamin C. Wir würden das gerne recherchieren. Vielleicht im Internet suchen und darüber nachlesen. Können Sie uns da ein paar Tipps geben?«

Während der Professor seine Quellen aufzuzählen begann, stand ich auf und stapfte über die hintere Veranda nach draußen. Ich suchte mir einen Weg durch die Gemüsereihen und steckte den Kopf durch die Lücke im Zaun. Der Hof nebenan war leer. Sie waren wahrscheinlich drinnen beim Abendessen. Kinderspielzeug lag im Gras herum. Ein rosaroter Ballettschuh ruhte auf der Gummifläche des Trampolins. Die Schaukel baumelte vom Ast eines Feigenbaums. Eins der Meerschweinchen fuhrwerkte geschäftig über die asphaltierte Fläche beim Grill, einen langen Grashalm im Maul. Stumpf blickte ich auf seine vorquellenden Augen, seinen dicken Hals und seine plumpen Schultern. Wozu gab es Meerschweinchen? Das waren doch nur Klumpen mit Fell außen herum. In Peru wurden sie gegrillt und verzehrt, aber hier sahen sie prähistorisch aus, von der Evolution fallen gelassen und sinnlos umtriebig; mit diesem ganzen schwachsinnigen Geknabber und Gekaue und Getrippel und Gepaare. Eine Verschwendung von Raum und Energie.

Was war bloß mit mir los? Wie konnte ich ein Lebewesen verabscheuen, nur weil es sein winziges, harmloses Leben bei jemandem in einer Ecke des Gartens verbrachte?

Ein Hund, ein Ross, 'ne Maus soll Leben haben,
Und du nicht einen Hauch?

*

Als ich mich wieder in die Küche schlich, sah ich gerade noch den Rücken des Professors durch die Diele verschwinden. Ich holte ihn ein, als er an der geschlossenen Tür zu Nicolas Zimmer vorbeiging. Da wandte er sich mir zu und sagte: »Wollen Sie nicht mal nachsehen, ob ich noch zu ihr hineingehen soll, bevor ich fahre?« Sogar in der dunklen Diele erkannte ich seinen Ausdruck: er wollte noch mal punkten, indem er mir zu verstehen gab, dass ich nachlässig gewesen sei. Ich machte ihre Tür auf und ging auf Zehenspitzen hinein.

Sie war wach, aber schrecklich bleich und zerschlagen.

»Professor Theodore fährt jetzt. Soll er noch schnell zu dir hereinschauen, bevor er geht?«

»Mir geht es gut«, sagte sie mit schwacher, undeutlicher Stimme. »Sag ihm, dass es mir gut geht. Und Hel –

würdest du ihm bitte danken? Sag ihm vielen Dank von mir.«

Irgendwie schaffte ich es aus dem Zimmer hinaus. Er stand abwartend da, die Gesichtszüge zu einem Bild professoraler Besorgnis arrangiert. Ich wiederholte ihre Worte. Er nickte und schritt auf sein Auto zu. Als er die Gartentür hinter sich zuzog, warf er mir zum Abschied noch einen Satz über die Schulter zu.

»Diese Woche haben wir doch wieder viel besseres Wetter gehabt, finden Sie nicht auch?«

NICOLA SCHLIEF, jedenfalls nahmen wir das an, denn sie rührte sich nicht aus ihrem Zimmer. Iris und ich lagen im Pyjama auf den Sofas, tranken Mineralwasser, schnitten und lackierten uns die Zehennägel und sahen nebenher ein wenig fern, während Gab das Internet durchforstete. Gegen elf Uhr tauchte er wieder auf. Er gehörte zu den Männern, die, wenn sie sich strecken, alle Wirbel einzeln knacken lassen können.

»Ich finde nichts, was wirklich für die Anwendung von Vitamin C spräche«, sagte er. »In den sechziger Jahren hat es mal viel Wirbel darum gegeben. Aber dann hat man repräsentative Untersuchungsreihen durchgeführt, Doppelblindstudien unter überprüfbarer Einbeziehung des Placeboeffekts. Damit ist das Ganze dann ziemlich schnell den Bach hinuntergegangen. Theodore hat vorhin eine – wie er sagte – wichtige Arbeit von einem Typen erwähnt, der Webster heißt.«

»Eine Arbeit?«, fragte Iris. »Wie – nur eine einzige?«

»Also, ich hab den Typen gefunden, aber alle Zeitschriften, die seine Forschungsergebnisse veröffentlich haben, sind total alternativ. Einige scheint er sogar selber herauszugeben. Aber über Theodore selbst habe ich tatsächlich auch etwas herausgefunden – er ist Tierarzt.«

Er warf sich auf die Couch und legte den Kopf in Iris' Schoß.

»›Forschungswissenschaftler‹ nennt er sich«, fügte er hinzu.

Wir saßen in einem vertrackten Schweigen da.

»Ich frage mich nur schon die ganze Zeit«, sagte Iris, »warum Helen so zornig geworden ist.«

Oh Gott. Jetzt würde ich mich rechtfertigen müssen. Ich setzte mich auf. »Es tut mir furchtbar leid. Ich hab die Beherrschung verloren. Das ist das Schlimmste an mir – ich werde sehr leicht zornig. Zorn ist meine Art und Weise, mit Versäumnissen umzugehen.«

Gab stieß ein unterdrücktes Lachen aus und sah zu Iris auf. Die hatte rote Backen bekommen. Sie warf einen Blick über die Schulter zur Dielentür und sprach dann mit gedämpfter Stimme.

»Du kannst mir glauben«, sagte sie, »dass ich Nicola sehr liebe. Sie war für mich immer ein gewaltiges Vorbild, schon seit meiner Kindheit. Aber ich habe mein Leben lang noch nie eine solche Wut im Bauch gehabt wie in der Zeit, als sie bei mir gewohnt hat. Ich habe wirklich oft gedacht, ich müsse sie selber umbringen und dem Krebs die Mühe ersparen.«

»Ich weiß, dass sie viel zu lang bei dir war«, sagte ich. »Ich habe Stunden damit verbracht, diplomatische E-Mails zu formulieren: ›Meinst Du nicht, es wäre das Beste, wenn Du Dir eine eigene kleine Wohnung in Elizabeth Bay mieten würdest? Um ein bisschen Abstand zu Iris zu gewinnen?‹ Und sie hat dann immer in diesem anmaßenden Ton geantwortet: ›Meine Liebe, Iris vergöttert mich. Es macht sie glücklich, wenn ich bei ihr bin.‹«

Gequält lachten wir alle.

»Sie ist jetzt seit April bei uns«, sagte Iris. »Und sie hat auch überhaupt nicht vor, irgendwann zu gehen. Melbourne hier ist nur so etwas wie ein Urlaub. Ihre ganzen Klamotten türmen sich bei mir in der Diele.«

»Die Wohnung hat nur ein Schlafzimmer«, sagte Gab ohne Groll. »Iris hat Nicola das Bett überlassen. Wir schlafen seitdem im Wohnzimmer auf dem Fußboden.«

»Möchtest du hören, was für eine Theorie ich dazu habe?«, fragte Iris. »Da ist viel Entsetzen im Spiel, und Nicola weigert sich, das zuzulassen. Aber es wird auch nicht einfach verschwinden. Kann es gar nicht, weil es eben da ist. Also muss es sozusagen jemand anderes für sie ausleben. Es durchtränkt förmlich die Luft, die sie umgibt. Als würde sie die statisch aufladen. Ich habe es sofort gespürt, als sie heute Abend hereinkam. Es war, als hätte ich plötzlich Fieber. Mein Puls ging schneller.«

Ich sah sie groß an. »Du meinst also, es liegt nicht nur an mir?«

»Absolut nicht. Ich weiß ganz genau, was in dir vorgeht. Es ist schrecklich. Als würde einem ständig eine Dosis Wahnsinn injiziert.«

»Ich bekomme dann so ein Kribbeln«, sagte ich, »im Handrücken.«

»Sie hat uns zu den Trägern all dieses Übels gemacht – und irgendwie haben wir das auch zugelassen. Sie segelt so dahin, mit diesem grausigen Lächeln im Gesicht, und sagt jedem, dass es ihr ab Mitte nächster Woche besser gehen werde, und währenddessen werden wir über den Grund geschleift und gabeln alles an Angst und Wut auf, was sie über Bord geworfen hat.«

»Ist man zu so etwas wirklich imstande?«, fragte Gab und hob sich auf die Ellbogen.

»Weißt du nicht mehr, Gab?«, sagte Iris. »Wie sie das erste Mal dieses Vitamin C bekommen hat? Sie war danach katatonisch – so wie heute Abend –, aber die haben sie trotzdem rausgeworfen, und sie musste selber nach Hause fahren. Zur Stoßzeit über die Harbour Bridge. Ich konnte es gar nicht fassen. Ich bin fast ausgeflippt vor Wut. Ich wäre am liebsten zu dieser Klinik hinübergefahren und hätte denen eine Handgranate durchs Fenster geworfen. Aber am nächsten Morgen machte sie so wenig Aufhebens davon, dass ich am Ende dachte, ich müsse wohl übertrieben reagiert haben. Sie behandelte mich herablassend. Ich kam mir wie ein Vollidiot vor.«

»Das war ganz schön ernüchternd«, sagte Gab.

»Genauso macht sie es hier auch«, sagte ich. »Sie verhöhnt mich geradezu.«

Sie sahen mich an. Iris zitterten die Lippen.

»Ich habe kaum eine Nacht richtig geschlafen, seit sie da ist«, sagte ich. »Ich kaufe ein, ich koche, ich putze. Ich wimmle die Telefonate ab, die sie nicht annehmen will. Ich bin ihr Dienstmädchen. Und ihre Waschfrau. Ich schleppe ihre Scheißmatratze durch die Gegend und stelle sie in die Sonne. Und das ist alles in Ordnung – völlig in Ordnung – ich würde wirklich alles für sie tun. Aber dann hat sie mir vorige Woche mehr als deutlich zu verstehen gegeben, dass sie ›keine Pflegerin braucht‹.«

Wir mussten das Gesicht in die Kissen drücken, um unser Gelächter zu dämpfen. Gab hatte sich schnell wieder gefangen, aber Iris und ich bekamen immer neue Lachanfälle und konnten nicht aufhören. Er saß geduldig daneben, hatte ihr die Hand auf den Nacken gelegt und sah zu, wie wir keuchten und stöhnten.

*

Ich hatte immer geglaubt, dass die Sorge das Gefühl sei, das am stärksten an einem zehrt. Jetzt erkannte ich, dass es der Zorn war. Ich lag die ganze Nacht im Bett wie unter Strom, noch immer kochend vor Wut, und starrte ins Dunkle. Jedes Mal, wenn ich kurz einnickte, kam der Professor mit seinen wässrigen Augen und seinem roten Gesicht hereingetappt und stellte sich neben mein Bett, grinsend wie ein aus dem Amt verstoßener Priester.

Endlich glitt der Morgen durch die Lamellen der Jalousien herein. In der Küche füllte ich den Wasserkocher und riss die Zeitung auf. Nicola kam durch die Diele geschlurft. Sie trug den Kopf hoch; die Augenbrauen hochgezogen, das Lächeln gigantisch und wie angenietet. Sie begrüßte mich melodiös.

»Einen schönen guten Morgen, meine liebste Freundin!«

»Sprich mich lieber nicht an, Nicola«, murmelte ich und wandte mich ab und zur Arbeitsplatte hin. »Ich kann dich nicht mal anschauen. Ich bin derartig sauer.«

»Oh weh«, trillerte sie in spöttisch-mädchenhaftem Ton.

»Und hör auf mit diesem beschissenen ›Oh weh‹. Untersteh dich, so mit mir zu reden!« Unter dem Oberteil meines Pyjamas brach mir der Schweiß aus. Ich blickte an mir hinunter und sah die hässliche Nässe hervortreten.

Sie blieb im Nachthemd in der Tür stehen und raffte das wollene rote Tuch um sich wie eine Bäuerin.

»Was ist denn los, Hel?«

Das Purpurrot ihres Tuchs floss aus und färbte alles um sie herum rot.

»Ich möchte nur eins wissen«, sagte ich. »Wann kommst du endlich zur Vernunft?«

Ihr blieb der Mund offen stehen. »Was meinst du denn damit?«

»Stell dich nicht dumm. Ich pflege dich, ich bediene dich von vorn bis hinten, und dann hast du nichts anderes zu tun, als mich auszulachen. Du hast mich ausgelacht.«

»Wann? Wovon sprichst du denn bloß?«

»Bei Peggy. Da hast du mich ausgelacht, weil ich nachts solche Angst habe. Du hast dir einen Spaß daraus gemacht. *Die arme alte Hel.*«

»Ach das?«, sagte sie. »Das ist doch schon eine Woche her.« Sie hielt mir die Hand mit nach oben gedrehter Handfläche entgegen und zog das Kinn ein. Ihre Augenbrauen bildeten ein umgedrehtes V herablassender Betroffenheit. »Tut mir schrecklich leid, Liebste. Ich habe überhaupt nicht bemerkt, dass ich dich damit verletze.«

Sie neigte den Kopf und spannte die Lippen, und da war es wieder, dieses wie auf ihr Gesicht gepflasterte Lächeln.

Mein letztes bisschen Selbstbeherrschung gab nach.

»Und hör mit diesem Grinsen auf. Hör auf damit, oder ich wisch dir's aus dem Gesicht.«

Es verschwand von selbst. Sie machte zwei Schritte rückwärts und starrte mich mit offenem Mund an. »Warum bist du denn so wütend?«

»Das ganze Haus ist von Wut erfüllt! Spürst du das nicht? Die Zimmer sind voll davon. Und das kommt größtenteils von dir.«

Ihr Mund stand leicht offen, die Wangen waren eingefallen. Alles, was ich ansah, war blutrot. Ich konnte jetzt nicht mehr aufhören.

»Alle sind zornig, alle haben Angst«, schrie ich. »Du bist auch zornig und hast Angst. Aber du gibst es nicht zu. Du willst diese Maskerade aufrechterhalten, deswegen lädst du deine ganze Scheiße auf mir ab. Ich habe es satt. Ich kriege keine Luft mehr.«

Sie hockte sich auf die Armlehne der Couch.

»Dieser widerliche Typ, der dich gestern hergebracht hat. Merkst du denn nicht, dass das ein Scharlatan ist? Der verarscht dich doch total!«

»Liebste«, stammelte sie. »Er hilft mir. Das sind die Einzigen, die mir helfen.«

»Ach was, die helfen dir überhaupt nicht. Dieser Hohlkopf Colette und dann dieser dämliche Fettsack. Und der berühmte Spezialist. Die sind so was von abstoßend und widerlich! Warum unternehmen sie nichts gegen deine Schmerzen? Die merken anscheinend nicht mal, dass du Schmerzen hast.«

»Schmerzen?«, sagte sie. »Helen, dort gibt es eine Frau, die hat nur ein Bein.«

»Und was war gestern? Sie hätten dich in ein Taxi gesteckt, wenn ich nicht Rabatz gemacht hätte. Sie wissen doch, welche Wirkung das Vitamin C immer auf dich hat – warum hat das denn niemand überwacht?«

»Eine von den anderen Patientinnen hat das schon gemacht«, sagte Nicola. »Sie ist Krankenschwester. Sie hat die ganze Zeit ein bisschen auf mich aufgepasst.«

»Und dafür verlangen sie von dir zweitausend pro Woche? Dass sich eine andere Patientin um dich kümmern muss?«

Sie warf beleidigt den Kopf zurück. »Janine ist nicht einfach so eine normale Krankenschwester. Sie arbeitet auf einer Intensivstation.«

Woher kam bloß dieser Zorn in mir? Er wallte hoch wie Brechreiz.

»Kannst du nicht mal dein Gehirn einschalten? Sieh dir doch mal an, was sie machen. Diese Behandlungen sind ein Schwachsinn, Nicola. Sie nehmen dich aus. Damit können sie keinen Krebs heilen.«

»Können sie wohl.« Sie hob das Kinn und starrte mich an. »Sie können es.«

»Wenn du mir einen Beweis lieferst, dass dieses injizierte Vitamin C Krebs heilt«, sagte ich, »dann schenke ich diesem Widerling von Professor eine Million Dollar. Gib mir einen Beweis.«

»In Grafton oben hat ein Mann gewohnt«, sagte sie, »ein Bildhauer. Bei ihm wurde es besser.«

»Das ist kein Beweis. Das ist eine Anekdote.«

»Da sind noch viel mehr«, sagte sie. »Viele Seiten voll. Ich habe sie nicht mitgebracht, aber sie liegen bei mir zu Hause.«

»Na klar«, sagte ich schroff, »und das stimmt auch alles ganz sicher, weil du es von ihrer Website hast.«

Mir klopfte das Herz so heftig, dass ich am Rand meines Sehfelds schwarze Punkte tanzen sah. Gegen das rote Tuch sah Nicolas Gesicht jetzt grau aus und bekam schlaffe Konturen. Hinter ihr erschien Iris in der Dielentür. Sie blieb in ihrem Flanellpyjama auf der Schwelle stehen, eine unaufdringliche Erscheinung mit vor der Brust verschränkten Armen. Die Scham nahm mir den Atem: ich war ein Leuteschinder, der gerade auf frischer Tat ertappt wurde.

»Ich kann so nicht weitermachen«, sagte ich mit schriller Stimme. »Ich kann diese Verlogenheit nicht aushalten. Das macht mich krank. Ich dreh durch.«

Nicolas Schultern sanken zusammen. Ihr Hals fiel nach vorn, und sie ließ den Kopf hängen. Iris tapste ins Zimmer. Sie setzte sich neben Nicola auf die Armlehne der Couch, legte ihr den Arm um die Schultern, hob dann ihr Gesicht zu mir auf und bedeutete mir mit übertriebenen Lippenbewegungen: »Hör. Nicht. Auf.«

Erschrocken starrte ich sie an. Sie hielt Nicola fest, nickte mir aber gleichzeitig zu, die Augen klar und entschieden, der Mund ein glatter, entschlossener Strich.

Ich holte ein paarmal tief Luft und sprach dann weiter.

»Als der Professor gegangen war, Nicola«, sagte ich, »wäre ich gerne in dein Zimmer gegangen und hätte zu dir gesagt: ›Wach endlich auf.‹«

»Ich war wach«, flüsterte sie.

»Ich hätte gern zu dir gesagt: Du gehst in diese verdammte Klinik doch nur, um dich abzulenken.«

Wie eine alte, müde Hündin hob sie mühsam den Kopf. »Sag's nicht, Hel.«

»Von dem, was du tun musst.«

Sie hob die Hand. »Sag's mir nicht.«

»Du musst dich bereit machen.«

Ihr Kopf sank noch tiefer hinab. Iris hielt sie mit beiden Armen fest. Nicola gab nach und ließ ihren Kopf seitlich in die Halsbeuge der jungen Frau sinken. Ich sah, dass sie das Gesicht verzog, die Zähne zusammenbiss, dann in Tränen ausbrach. Die Kampfeslust versiegte in mir. Meine Glieder fühlten sich weich und kreidig an.

»Wir finden dich nicht mehr«, sagte ich. »Du fehlst uns. Wo bist du hin?«

Sie schluchzte tief auf.

»Wir ertragen es nicht, was du durchmachen musst«, sagte ich. »Wir ertragen es nicht, wenn wir dich verlieren. Wir möchten auf dich aufpassen. Du bist uns so wichtig. Aber du reißt dich dauernd zusammen. Du hältst uns fern. Wir kommen nicht an dich ran. Du wehrst uns ab. Und du schaffst es, dass wir uns blöd vorkommen, wenn wir Angst kriegen.«

Sie ließ sich von Iris den Kopf halten, während ihr die Tränen aus den Augen strömten und über die Wangen liefen. Bald war das Vorderteil von Iris' Pyjamajacke dunkel vor Nässe. Die junge Frau ließ sie nicht los, hielt sie mit beiden Armen fest, sagte nichts, schaute aber alle paar Sekunden zu mir auf und nickte, nickte.

»Du bringst uns zur Erschöpfung, wenn du immer und immer stoisch bleibst«, sagte ich. »Das ist wie eine entsetzliche Maske. Die würden wir am liebsten zerschlagen. Wir wollen dich wiederhaben.«

»Wir ertragen dieses Lächeln nicht, meine Liebste«, sagte Iris sanft. »Du brauchst nicht zu lächeln.«

Nicola weinte noch immer in den Armen ihrer Nichte. Gab kam zur Tür, schaute herein und schlich wieder davon. Aber Iris hielt meinem Blick stand, ohne zu zwinkern, das nüchterne Gesicht zur Arbeitsplatte erhoben, hinter der ich stand und mit beiden Händen einen trockenen Wischlappen auswrang.

Nach einer Weile hörte Nicola auf zu weinen. Sie holte ein paarmal zitternd Luft und machte sich von Iris los. Iris griff nach einem frischen Geschirrtuch und reichte es ihr; sie tupfte sich damit die Augen, faltete es zusammen und legte es auf die Arbeitsplatte.

Dann sagte sie mit rauer Stimme: »Ja aber schaut, mein ganzes Leben war ich darauf bedacht, niemanden mit meiner Befindlichkeit zu langweilen.«

Wir schwiegen.

»Niemand will wissen, ob ich traurig bin oder Angst habe.«

Wieder sagten wir nichts.

»Ich habe gelernt«, sagte sie, »den Mund zu halten. Und ein optimistisches Gesicht aufzusetzen.«

Sie erhob sich von der Armlehne und blieb in ihrem Baumwollnachthemd mitten im Raum stehen. In dem Licht, das aus dem Fenster im Dach auf sie fiel, flirrte ihr weißes Haar. Das Tuch hing wie zwei rote Vorhänge von ihren knochigen Schultern herunter.

»Das jedenfalls«, sagte sie, »hat mich das Leben gelehrt.«

Iris lehnte sich auf der Couch zurück und sah sie prüfend an, mit weichem Gesicht.

»So ein Quatsch, meine Liebe«, sagte sie. »Tut mir leid, aber das ist doch keine Einstellung.«

Für einen Augenblick bewegte sich keine, sprach keine.

»Du glaubst, dass du dein Leben vergeudet hast«, sagte ich.

»Das stimmt auch.«

»Das möchte ich bitte in Abrede stellen.«

»Ich auch«, sagte Iris.

»Warum lieben dich wohl alle Leute?«, fragte ich.

Nicola stand in diesem Lichtfleck und hatte einen fast ulkigen Ausdruck von Überraschung im Gesicht.

»Du nimmst wahrscheinlich nicht an, dass das an deinem Charakter liegen könnte?«, sagte ich. »Zum Beispiel daran, was für eine treue Freundin du bist? Von der nie jemand erlebt hat, dass sie nachtragend wäre?«

Sie holte Atem, um das abzuwerten, aber ich übertönte sie.

»Oder deine grenzenlose Großzügigkeit? Und wie alles, was du in die Hand nimmst, schön wird?«

»Und dann, wie amüsant du bist?«, sagte Iris, die allmählich warm wurde.

»Und diese szenischen Lesungen, die wir immer gemacht haben und die deine Idee waren? Als wir *She Stoops to Conquer* lasen und *Die Möwe*?«

»Und was du den Leuten alles an Arbeiten abnimmst und dich nie dafür bezahlen lässt? Liest ihre Romane – Satz für Satz? Schreibst ganze Stücke um?«

»Ja, und wie du zuhören kannst? Du erinnerst dich hinterher an jede Einzelheit. Wenn man mit dir zusammen ist, fühlt man sich frei. Weißt du das gar nicht? Hältst du das alles für Mist?«

Wieder entstand ein langes Schweigen.

Iris ging durch den Raum zum Fenster und öffnete die Jalousien. Über den Tisch fielen rechteckige Sonnenfelder. Ich machte die Hintertür auf. Alles da draußen lag heiter da. Die Luft, die die Wangen streifte, war frisch. Die Sonne erwärmte bereits die Oberflächen aller Gegenstände, das alte Pflaster. Der Fliegenvorhang klirrte mit seinen Perlenschnüren leise gegen den Türrahmen und hing dann wieder unbeweglich still.

»Schade, dass ich nicht mehr rauche«, sagte Nicola. »Ich würde jetzt raus auf die Veranda gehen und mir verdammt noch mal eine drehen.«

Sie glitt durch die Perlenschnüre. Iris folgte ihr. Das Wasser kochte, und ich trug das Tablett hinaus.

Wir saßen in einer Reihe auf der Hintertreppe und tranken unseren Tee. Jemand sagte: »Ist das nicht ein bezaubernder Morgen?« Und jemand sagte: »Sollen wir fürs Abendessen Fisch kaufen gehen?« Nicola ließ ihre Schulter an meiner ruhen. Wir sahen uns in die Augen und dann wieder weg, offen und frei. Es war, als säßen wir bis zum Kinn in ruhigem Wasser. Unsere Arme und Beine waren schwerelos und unsere Herzen auch. Ich schaute auf die Uhr. Erst halb neun.

MOCHTE SIE auch am Boden zerstört gewesen sein, Nicola raffte sich wie durch Zauberhand wieder völlig auf. Dazu war nichts weiter nötig als ein verdöster Nachmittag hinter dem leise klappernden hölzernen Fensterladen, danach ein lauwarmes Bad, ein Hauch Make-up und eine beim Aufbruch geschluckte Morphiumkapsel: um acht Uhr abends manövrierte sie ihren geschundenen Körper neben mich ins Auto, was so beschwerlich war, dass sie stöhnte, aber dann saß sie parfümiert und mit einem Schal geschmückt da, entschlossen wie eine Herzogin im Exil. Wie lange würde diese Atempause vorhalten? Ich hoffte das Beste. Fröhlich fuhren wir über den Fluss nach Süd-Melbourne, wo ein junger deutscher Zauberkünstler, dem ich einen Artikel zu seiner Veranstaltung versprochen hatte, in einer komischen kleinen Bar namens Butterfly Club auftrat.

Wir trugen unsere Drinks ins Nebenzimmer, einen Raum mit hoher Decke, in dem gleich die Show anfangen würde, und nahmen die beiden für uns reservierten Plätze in der ersten Reihe ein, kaum weiter als einen Meter von dem schmucklosen, mit Stoff verhüllten Tisch des Zauberers entfernt. Es war aufregend, zusammen auszugehen, auf den besten Stühlen zu sitzen, während ein Dutzend Unbekannte nach und nach hinter uns Platz nahmen und es sich, flüsternd und mit Geschirr klappernd, im Halbdunkel bequem machten.

Der Zauberer in einem weiten alten Nadelstreifenanzug trat ohne Ankündigung auf, er schlüpfte von hinten herein und kam auf leisen Sohlen an den Tisch, so dass seine plötzliche Anwesenheit wie eine Welle durch den Raum lief. Alle beugten sich gespannt vor. Er stellte seinen Koffer ab und ließ die Messingschlösser aufschnappen. Er lächelte uns an, während er einen Metallbecher, eine weiße Kugel in der Größe eines Aprikosenkerns und einen kurzen dunklen Zauberstab mit Messingenden herausnahm. Das alles legte er auf das grüne Tuch.

Er mied jeden Blick zu mir, stattdessen sah er Nicola direkt in die Augen.

»Die schönste Dinge«, sagte er zu ihr in schleppendem Tonfall und mit deutschem Akzent, »geschehen geheim und diskret.«

Ein breites, eifriges Grinsen überzog ihr Gesicht. Sie war sein. Er hatte sie auserwählt, er würde sich ihrer bedienen.

Er schob seine Manschetten zurück und nahm die winzige weiße Kugel zwischen Daumen und Zeigefinger.

»Es gibt viel Wege«, sagte er zu Nicola, »Dinge verschwinden lassen. Wollen Sie, dass ich zeige Ihnen den schnellen Weg oder den langsamen Weg?«

Sie lächelte und nickte mehrmals, gab aber keine Antwort. Er zwinkerte ihr mit seinen schönen dunklen Augen zu und spitzte den Mund; da vollführten seine Hände lauter schnelle Schlängelbewegungen. Die weiße Kugel schoss die Manschette seines linken Ärmels hinauf und erschien zwei Sekunden später in seiner rechten Hand. Auf dem verhängten Tisch verdeckte er die Kugel mit dem Becher, tippte ihn mit seinem Stab an und vollführte einen Zauberwirbel. Als er den Becher hob, hatte sich die weiße Kugel in Luft aufgelöst. Als er den Becher dann noch einmal aufhob, war sie wieder da – aber jetzt war sie rot. Er stürzte den Becher wieder darüber.

»Rot oder weiß?«

»Weiß?«, sagte Nicola.

Wir beugten uns alle vor. Er hob den Becher. Die rote Kugel war jetzt viermal so groß und hatte sich in eine Zitrone verwandelt.

Die Zuschauer warfen sich vor Lachen auf den Stühlen zurück. Nicola biss sich auf die Unterlippe und warf mir einen vielsagenden Blick zu.

So unterhielt er uns hinreißende zwanzig Minuten, die wie Sekunden verflogen, und bezauberte uns dabei auch akustisch mit einem Wortgeprassel voller charmanter Grammatikfehler. Er ließ, in einem perfekten glatten Bogen, einen Satz Spielkarten durch die Luft schnellen. Er ließ Münzen mitten in der Luft ihre Prägung wechseln. Er bat einen Mann, eine Karte aus seinem Spiel auszusuchen, dann warf er das gesamte Spiel mit beiden Händen in die Luft. Es klatschte gegen die Decke. Wir reckten die Hälse. Es regnete uns Karten auf Kopf und Schultern. Nur eine blieb oben an der Gipsdecke kleben.

»Haben Sie schon einmal gesehen diese Karte?«

»Das ist ja meine Karte!«, schrie der Mann.

Als Nächstes holte der Zauberer zwei kleine, dunkelrote runde Gegenstände aus seinem Koffer, die er uns als »genetisch veränderte holländische Tomaten« vorstellte. Wieder wandte er sich an Nicola.

»Ihre Hand, Madame?«

Sie gab sie ihm. Er drehte ihre Handfläche nach oben und legte die beiden roten Kugeln darauf.

»Bitte, Madame, wenn Sie würden drücken? Drücken, so stark, wie Sie sind fähig.«

Nicola drückte. Sie drückte, bis ihr die Hand zitterte. Dann machte sie sie auf. In ihrer Hand lagen drei holländische Tomaten.

Ein paar Frauen hinter uns kreischten auf. Manche Männer trampelten mit den Füßen. Nicola hielt ihm die roten

Dinger entgegen. Er nahm sie ihr sehr sachte ab und verbeugte sich dabei. Für einen Augenblick wandte sie mir ihr leuchtendes Gesicht zu. Der Raum wurde ganz still.

Da holte der Zauberer aus seinem kleinen Koffer ein Stück weiche perlweiße Schnur heraus. Er zeigte sie uns: sie war ungefähr einen Meter lang und ganz schlaff. Er trat nach hinten vor die Wand, und ohne ein Wort begann er mit der Schnur Sachen zu machen, die gar nicht möglich waren. Sie lebte und hatte einen eigenen Willen: er war ihr Diener, ihr Wärter. Sie teilte sich in zwei Teile, in drei und in vier. Sie schlang sich selbst in Knoten und wieder auf, und die Knoten wanderten hierhin und dahin. Sie wurde länger, sie wurde kürzer. Sie löste sich auf – Nicola keuchte und packte mich am Arm – und tröstete uns dann gleich wieder, indem sie zu einem perfekten weißen O wurde, das frei an seinen kleinen, muskulösen Händen hing.

Auf einer Woge der Begeisterung glitt er aus dem Raum. Die Tür fiel hinter ihm zu. Wir blieben alle sitzen. Es war unerträglich, dass er uns verlassen hatte. In dem plötzlichen Schweigen hörte ich Nicola bebend Luft holen. Ihr Rückgrat begann nach vorn zu sinken: sie erschlaffte.

Wir fuhren eilig durch die King Street nach Hause, gerade als die Lieblingsbars der betrunkenen Footballspieler und betrunkenen Blondinen für das Geschäft der Nacht ihre Tore öffneten. Wir waren still und dachten noch immer an das, was wir gerade erlebt hatten. Als wir am North Melbourne Pool vorbeifuhren, brach sie dann unser Schweigen.

»Hel, welche Tricks hast du ihm abgenommen?«

»Alle. Für alles, was er gemacht hat, gibt es ja bestimmt eine Erklärung. Aber ich möchte sie gar nicht wissen.«

»Was hat dir am besten gefallen?«

»Oh, das mit der weißen Schnur«, sagte ich. »Die Schnur, keine Frage. Das war geradezu übernatürlich.«

Ich folgte dem grünen Pfeil für Rechtsabbieger an der Ampel zur Macaulay Road.

»Wie haben sich denn diese holländischen Tomaten angefühlt?«, fragte ich.

»Schwammig. Wie Schaum.«

»Wie um Himmels willen macht er das nur, dass die richtige Karte an der Decke kleben bleibt? Und wie er die Kugel in eine Zitrone verwandelt hat!«

»Ich war von allem begeistert«, sagte sie. »Aber Hel. Am allerbesten hat mir das ganz am Anfang gefallen, als er ausgerechnet mich angeschaut und gesagt hat: ›Es gibt viele Wege, Dinge verschwinden zu lassen.‹«

Ich sagte nichts. Sie hielt die Augen niedergeschlagen. Ich hörte, wie sie ein Aufstöhnen unterdrückte, als das Auto über die Eisenbahnschienen rumpelte und im Dunkeln den Moonee Ponds Creek überquerte.

*

Weil sie am Sonntagmorgen etwas länger schlafen wollte, versäumte sie es, rechtzeitig eine Schmerztablette zu nehmen, und der Schmerz übermannte sie. Bis zum Mittag hatte er seine Klauen in den linken Arm und die Schulter getrieben. Sie kämpfte mit Morphium dagegen an, doch der Nachmittag dauerte ewig und war beängstigend. Iris war länger als eine Stunde bei ihr im Zimmer und kam in Tränen heraus.

»Sie will nicht mit nach Hause kommen. Sie sagt, es hat keinen Sinn, nach zwei Wochen abzuhauen, wenn die Behandlung auf drei Wochen angesetzt ist. Sie sagt, sie möchte gegenüber Professor Theodore nicht wortbrüchig werden.«

Gab kam aus dem Garten, und sie packten in düsterem Schweigen. Gegen Abend fuhr ich sie zum Flughafen.

»Es kommt mir vor, als würden wir dich im Stich lassen«, sagte Iris am Check-in.

»Mal schauen, wie's wird«, sagte ich.

»Kannst du das weiter durchhalten?«

»Ich denk schon.«

»Bist du sicher?«

»Nein. Aber ich will es versuchen. Nur noch sechsmal schlafen. Wo will sie denn wohnen, wenn sie wieder nach Sydney zurückkommt?«

»Bei mir vermutlich«, sagte Iris.

»Es geht ja weit über das Wohnen hinaus, Iris. Du bist schließlich auch noch Lehrerin, verdammt noch mal. Du kannst nicht einen Beruf ausüben und nebenbei auch das noch schaffen. Sie braucht eine eigene Wohnung in der Stadt, und zwar in der Nähe von Leuten, die sie abwechselnd betreuen können. Es wird Zeit, dass deine Mutter sich mal einbringt.«

Iris verzog schmerzlich das Gesicht. »Nicola würde das nicht annehmen«, sagte sie. »Sie würde es als unerwünschten Eingriff empfinden – egal, ob von Mum oder von sonst wem.«

»Das ist doch gleichgültig. Sie braucht jetzt einfach dauerhafte, unbeirrbare Fürsorge, ob sie das will oder nicht. Könnte deine Mutter nicht eine hübsche, sonnige kleine Wohnung in Elizabeth Bay für sie mieten?«

Iris war blass geworden. »Dem würde sie sich widersetzen. Mum hätte ein schreckliches Leben. Und so ein Mietvertrag ist immer nur langfristig zu haben.«

»Eine todsichere Methode, aus jedem Mietvertrag rauszukommen«, sagte ich sarkastisch, »ist zu sterben.«

Die Augen der jungen Frau füllten sich mit Tränen. Sie wischte sie schnell weg. Gab kam über das Meer von glänzenden Fliesen auf uns zu. Er gab mir die Hand und umarmte mich.

»Auf Wiedersehen«, sagte Iris. »Auf Wiedersehen, Helen. Wir sind jetzt Freunde, nicht wahr?«

»Und ob«, sagte ich. »Ihr werdet mir fehlen. Ihr seid zwei richtig gute Kameraden.«

Nach nur zwei Tagen war mir ihre Gegenwart wertvoll geworden: Gabs gutmütige Ruhe, Iris' schrille Stimme und ihre drolligen Redensarten. Als sie sich vorbeugte, um mich zu küssen, atmete ich einen Hauch ihrer Seife ein. Der Duft blieb mir noch in der Nase und berührte mich unerwartet tief. Es war mir schrecklich, die beiden hochgewachsenen Gestalten, die eine mit glattem Haar, die andere mit Locken, durch die Sicherheitsschleuse verschwinden zu sehen.

Im Auto fühlte ich mich einsam und verängstigt. Ich stieß ein paar trockene Schluchzer aus. Zu beiden Seiten der Autobahn blinkten die Lichter neuer Gewerbegebiete. Ich drehte das Fenster herunter und schaltete das Radio an. Cat Empire: »Days Like These«. Irgendwann mal hatte ich mit halbem Ohr zugehört, wie eine junge Frau diese Band verächtlich als einen Haufen selbstverliebter Schuljungen abtat: was wüssten die schon vom Ende aller Dinge? Aber dieses prasselnde Schlagzeug. Diese Hörner, der sahnige Leitton der Trompete. Ich drehte auf volle Lautstärke und schrie die Worte mit. *I'm alive, I'm alive, I'm alive, I'm alive, I'm aliiiiiiiive ...*

Nicola war eingeschlafen, aber als ich zu ihr hineinschaute, regte sie sich. Das Bett war schweißnass, das Kissen ein zusammengeballter Klumpen. Ich tat alles Notwendige, um das wieder in Ordnung zu bringen. Ich brachte ihr einen Saft und ein frisches Nachthemd und noch eine Tablette.

»Morgen besorgen wir uns stärkeres Morphium«, sagte ich. »Wir gehen noch einmal zu Frau Dr. Caplan.«

*

Am Montag war mein Geburtstag. Beim Frühstück überraschte mich Nicola mit kleinen und großen Geschenken, die sie Iris und Gab heimlich am Wochenende in der Stadt hatte kaufen lassen. Ihr *pièce de résistance* war eine wunderbare Saftpresse. Als wir an diesem Morgen von zu Hause aufbrachen, war sie bester Laune, und auf dem Weg zu Dr. Caplans Praxis plauderte sie angeregt über das Geburtstagsessen, das Mitch und Eva an diesem Abend für mich geplant hatten.

Als wir ins Sprechzimmer gerufen wurden, ließ ich mich gleich auf einen Sitz neben der Tür fallen, während Nicola zu dem Patientenstuhl neben dem Schreibtisch der Ärztin schlurfte.

»Ich glaube, ich brauche stärkeres Morphium«, verkündete sie mit einem so hilflosen Lächeln, dass sie wie eine Närrin aussah.

Dr. Caplan sah sie ungläubig, fast mit einem Lachen an. In ihren Augen funkelte zornige Intelligenz auf. Ich hatte Angst vor ihr. Ich wollte rufen: *Bitte helfen Sie mir.*

»Wer koordiniert eigentlich Ihre Behandlung?«, fauchte sie. »Wer kümmert sich um Ihre Schmerzen?«

Sie drehte sich mit ihrem Drehstuhl und schlang die nackten mageren Beine unter dem Schreibtisch übereinander.

»Was sagen Sie eigentlich dazu – wie heißen Sie noch mal? Helen?« Sie warf mir einen verächtlichen Blick über ihre Schulter in grauem Leinen zu. »Was haben Sie für ein Gefühl bei dem Ganzen?«

Ich stammelte: »Nicola hört es nicht gern, wenn ich das sage. Aber die sind dort sehr nachlässig. Sie überwachen sie auch nicht richtig. Sie –«

Sie schnitt mir das Wort ab und wandte sich wieder an Nicola.

»Wer hat Sie dorthin überwiesen?«

»Mein Hausarzt in Sydney«, sagte Nicola. Sie ließ den Kopf hängen wie eine ganz alte Frau. »Er ist auf Krebs spezialisiert.«

Die Ärztin beugte sich vor, bis sie Nicola in die Augen schauen konnte.

»Normalerweise hat man bei einer Krankheit wie der Ihren«, sagte sie und artikulierte dabei so deutlich, als würde sie aus einem Lehrbuch vorlesen, »wenn man zu einer Behandlung in ein anderes Bundesland fährt, einen Brief seines Onkologen bei sich. Hat Unterlagen über den momentanen Zustand dabei und über die Behandlungen, denen man sich bisher unterzogen hat. Ich weiß nicht, was Ihr Krebs gerade macht. Sie müssen hier zu einem Onkologen gehen. Und Sie brauchen jemanden, der Ihnen eine vernünftige Schmerzbehandlung sicherstellt.«

Sie zog einen Schreibblock heran und fuhr mit dem Stift darüber.

»Ich schicke Sie jetzt auf der Stelle zu diesem Onkologen«, sagte sie. »Er heißt John Maloney. Ich rufe ihn gleich an und sage, dass Sie kommen. Sie müssen sich einen Termin geben lassen. Und zwar heute noch. Ist das klar?«

Wieder warf sie mir einen Blick zu. Es gab mir einen Stich, dass sie auch mich mit Verachtung strafte. Ich hätte am liebsten gejammert: *Es ist nicht meine Schuld! Sie wissen ja gar nicht, wogegen ich zu kämpfen habe.*

Sie tippte ein Rezept für stärkeres Morphium ein und reichte es Nicola. Wir kehrten mit eingekniffenem Schwanz zum Theodore Institute zurück, und ich machte mich gleich danach auf zum Epworth.

❃

Um fünf Uhr schlich Nicola durch die Vordertür herein und direkt in ihr Zimmer. Eine halbe Stunde später kam sie in die Küche gehinkt, wo ich gerade meine neue Saftpresse ausprobierte. Sie habe wieder Schüttelfrost, sagte sie, und schlimme Schmerzen im Arm. Mit leiser, ruhiger Stimme bat sie mich um Hilfe.

Ich schloss den Rollladen in ihrem Zimmer und schaltete die Ölheizung an. Unter Stöhnen legte sie sich zitternd ins Bett. Ich brachte ihr ein Glas Wasser, und sie schluckte eine der neuen Morphiumkapseln. Sie drehte sich auf die Seite.

»Diese Schulter bringt mich noch um. Wahrscheinlich lag es einfach am Dampf, aber heute Morgen nach dem Duschen bekam ich fast keine Luft.«

»Hast du den Onkologen angerufen?«

»Jep«, sagte sie. »Hab Mittwochvormittag einen Termin. Beim Theodore hatten sie schon von ihm gehört. Colette sagt, er kann manchmal ganz schön giftig werden.«

Ich legte mich hinter sie und drückte mich in meiner ganzen Länge gegen ihren Rücken, während sie auf die Wirkung des Morphiums wartete. Kalte Schauer liefen ihr den Rücken hinunter und über Arme und Beine.

»Ich glaube, ich höre mit dem Vitamin C auf«, flüsterte sie. »Es ist zu schlimm. Ich bin zurzeit zu schwach dazu.«

Genau dafür hatte ich ja die ganze Zeit gekämpft, aber jetzt tat mir das Herz weh.

»Hel«, sagte sie lange danach. »Danke, dass ich bei dir wohnen darf.«

»Mein Haus ist dein Haus.«

»Mir war klar, dass ich fast keine Kraft mehr hatte. Ich konnte nichts anderes mehr machen, als zu dir zu kommen.«

»Schlaf jetzt.«

»Und danke, dass du mich in der Küche so angeschrien hast. Das war tapfer.«

»Tapfer? Ich weiß nicht, ob du mir das je verzeihen kannst. Ich hab dich wie ein Ungeheuer hingestellt.«

»Ja, aber es hat geholfen.«

Für einen Augenblick durchbebte sie ein Lachen.

»Als ich hinterher meinen Mittagsschlaf hielt«, sagte sie, »hatte ich einen sehr lebhaften Traum. Da war so ein wirklich süßer junger Hund, wie aus einem Zeichentrickfilm, mit niedlichen kleinen Hängeohren.« Ihre Stimme gab nach. »Und während ich ihn noch anschaute, tauchte auf einmal eine riesige Schere auf, und *schnipp, schnapp!* hatte sie ihm beide Ohren abgeschnitten.«

Erschrocken starrte ich auf ihren Nacken.

Sie gab einen undeutlichen Ton von sich, halb Lachen, halb Stöhnen. »Das ist schon gut so, Liebste. Diesen ganzen kindischen Kram wegschneiden.«

Wir lagen in dem dämmrigen Zimmer wie zwei gefällte Baumstämme. Ich spürte, wie ihr Körper sich entspannte und nachgab.

»Hel«, flüsterte sie. »Ich glaube, ich schaff das doch nicht zu diesem Abendessen. Geh du nur. Trink an meiner Stelle ein Glas. Herzlichen Glückwunsch, mein alter Hase.«

*

Es fiel leichter Regen. Ich suchte mir einen Weg durchs Gemüse bis zu der Lücke im Zaun und dann durch den anderen Hinterhof. Im Haus nebenan war alles in Aufruhr. Ein paar Cousinen und Cousins mit insgesamt drei Kindern waren zu dem Essen gekommen. Die Väter hatten sich zu einer Konferenz über das Lamm auf dem Grill zurückgezogen, die Mütter steckten auf der Couch die Köpfe zusammen und lachten, und die Kleinen, die mit ihren flauschigen Haaren aussahen wie Pusteblumen, polterten zwischen den Möbeln herum und schlugen mit zusammengerollten Zeitungen aufeinander ein. Bessie hatte sich in einen melodramatischen Weinkrampf hineingesteigert, für den niemand einen Grund finden konnte. Ihr Cousin Frank, ein nachdenklicher Junge, den sie leidenschaftlich verehrte, lungerte direkt vor dem Zimmer herum, verwirrt, genervt und doch langmütig.

»Na komm, Bessielein, du musst jetzt aufhören zu weinen«, sagte ich.

Sie hörte den mechanischen Ton meines Protests und verdoppelte ihr Gebrüll.

»Du musst aufhören«, sagte ich sinnloser Weise. »Hör jetzt auf.«

Ich trug sie, an mich gepresst, in den Waschraum, wo ich es schaffte, zwischen ihr Keuchen und Schluchzen eine Frage zu dem neuen Regal einzuwerfen, das ihr Vater da gebaut hatte. Auf der Stelle hörte sie zu weinen auf und verwickelte mich in ein fröhliches Gespräch darüber, dass ich vielleicht auch genauso ein Regal in meinen Waschraum bekommen könnte. Wir gingen wieder auf die Veranda hinaus, setzten uns an die Kante, die Füße auf den Stufen, und sahen dem Nieseln zu.

Frank schob sich verstohlen zwischen uns. Die beiden strahlten sich liebevoll an. Gleich darauf boten sie mir an, bei einem Spiel mitzumachen, das sie erfunden hatten und das »In Länder verreisen« hieß.

»Wie wär's, wenn wir nach Schuhland verreisen?«, sagte Frank.

»Im Schuhland«, erklärte mir Bessie, »muss alles einen Schuh anhaben. Das Wasser hat einen Schuh an.«

»Die Luft hat einen Schuh an.«

»Das Dach hat einen Schuh an.«

»Sogar Aa«, sagte Frank, »hat einen winzig kleinen Schuh an.«

Auf diese Weise erheiterten und unterhielten wir uns. Noch immer fiel leichter Regen. Mitch brachte mir ein Glas moussierenden Shiraz. Bald war das Essen aufgetragen. Alles sah ordentlich und festlich aus. Es brannten vierundsechzig Kerzen. Beim Ausblasen wurde mir vor Anstrengung schwindlig.

Alle halbe Stunde sauste ich nach Hause, um nach Nicola zu schauen. Die ersten paarmal schlief sie. Dann fand ich sie im Dunkeln mit geschlossenen Augen und im Schoß gefalteten Händen auf der Bettkante sitzen. Ihre Einsamkeit gab mir einen schmerzhaften Stich.

»Kann ich dir etwas bringen, mein altes Mädchen?«

»Was ich jetzt am liebsten von der ganzen Welt hätte«, sagte sie mit undeutlicher Stimme, »das wäre ein Glas Orangensaft.«

Ich presste die letzten zwei Orangen, die wir im Haus hatten, und brachte ihr das schäumende Glas. Sie trank es Schluck für Schluck aus.

»Das«, flüsterte sie, »war der frischeste, köstlichste Orangensaft, den ich je im Leben getrunken habe.«

Ich stopfte wieder das Bettzeug rund um sie fest, und sie ließ es sich mit einem Seufzer gefallen.

Als ich um zehn endgültig nach Hause kam, blieb ich lange vor ihrer Tür stehen und lauschte auf ihre langsamen, schnarchenden Atemzüge. In nicht allzu langer Zeit würden sie verstummen. Ob ich bei ihr sein würde, wenn sie hinüberging? Ich war ihre Freundin, ja, und ich liebte sie, aber ich war eine relativ neue Freundin: ich kannte sie erst seit fünfzehn Jahren. Ihre liebsten und ältesten Freunde waren sicher aus Sydney. In ein paar Tagen, wenn die drei Wochen bei mir vorüber waren, würde sie wieder zu ihnen nach Hause fliegen und zu ihrer Familie: sie würden die Pflege übernehmen, und ich würde zu meiner Rolle als *die liebe Hel in Melbourne* zurückkehren, die praktische Frau mit dem nützlichen Hang zum Autoritären, die viel Arbeit hatte und eine Fahrkarte nach Wien für den Dezember.

UM BESSIES Aufmerksamkeit zu entfliehen, hatte ich vor, am Dienstagmorgen meinen Laptop mit in die Staatsbibliothek zu nehmen und die Rezension über den Zauberkünstler dort herunterzutippen. Nicola und ich konnten also denselben Zug in die Stadt nehmen.

Zum Bahnhof brauchte man von meinem Haus aus sieben Minuten zu Fuß, wenn man Krebs hatte, zwanzig. Es regnete immer noch leicht. Als ich gerade die Vordertür hinter uns zuzog, fiel mein Blick auf Nicolas Füße. Sie trug wie immer ihre chinesischen Slipper aus dünnem schwarzem Baumwollstoff.

»Hallo, aufwachen«, sagte ich. »Hast du schon mitgekriegt, dass Wasser vom Himmel fällt? Die da kannst du nicht anziehen.«

»Sei nicht albern, Liebste. Das ist doch kein Problem.«

»Nicola. Es sind lauter Pfützen auf der Straße. Du wirst den ganzen Tag nasse Füße haben. Und du wirst dich erkälten.«

»Aber ich habe keine anderen mit.« Sie schickte sich bereits an, auf die nässedunklen Ziegelsteine hinauszutreten.

»Zieh doch deine Dunlop-Turnschuhe an.«

»Die waren schon so abgetragen«, sagte sie. »Ich wollte mir bei Gowing's wieder welche kaufen, aber das Original wird nicht mehr hergestellt. Ich weigere mich, diese hässlichen neumodischen zu kaufen.«

Sie war ohne richtige Schuhe zu mir gekommen. In meinen Handrücken begann wieder das verräterische Kribbeln. Es regnete weiter, weiche Tropfen klatschten vereinzelt auf den Mulch. Ich schloss die Augen und stieß einen Befehl aus.

»Du musst heute Mittag losgehen und dir ein Paar praktische Schuhe kaufen. Geh zu Sam Bear oder zu Target in der Bourke Street. Es ist mir scheißegal, ob es die originalen sind oder retro oder was in Dreiteufelsnamen sie sonst noch sind – du brauchst ein Paar anständige Schuhe für schlechtes Wetter.«

»Alles klar, Frau Oberin«, sagte sie demütig. Dann kam ihr eine Idee. »Ich weiß was. Wir können doch zum Bahnhof fahren.«

»Ja«, sagte ich, »aber dort darf man nur eine Stunde lang parken. Ich fahr dich jetzt zum Bahnhof, dann komm ich wieder zurück und stell das Auto hier ab, und dann nehme ich den nächsten Zug.«

»Oh, das ist aber ein schrecklicher Aufwand für dich, Liebste.«

»Das hilft jetzt alles nichts«, sagte ich. »Steig ein.«

Vor dem Bahnhof Newmarket blieb ich am Steuer sitzen und sah ihr nach, wie sie in ihrem unpassenden Schuhwerk verbissen die Rampe hinaufschlurfte. Jetzt hatte ich bis spätnachmittags frei. Die Staatsbibliothek kam mir tausend Meilen weit entfernt vor. Wie sollte ich mich bis dorthin schleppen? Ich parkte das Auto und nahm den Laptop mit in das Café an der Ecke. Ich hatte noch nie etwas in einem Café geschrieben und würde auch jetzt nicht damit anfangen. Mein Herz war ganz löchrig. Alle Stärke und Entschlossenheit versiegten in mir. Als mein Kaffee kam, konnte ich die Tasse fast nicht heben. Ich fuhr nach Hause. Mein Schreibtisch war unter rutschenden Bergen von ungelesener und unbeantworteter Post begraben. Ich hatte mein Leben nicht mehr im Griff. Ich stellte den Laptop ab und begann trübsinnig, wenigstens ein bisschen Ordnung in meine Sachen zu bringen.

Weit unten in diesem Haufen fand ich einen Zettel mit den hingekritzelten Worten *Health Services Commission.* Ein bisschen Energie regte sich in mir wie ein kleiner Wurm. Ich suchte die dazugehörige Nummer im Telefonbuch heraus und rief an. Eine Frau nahm ab. Ich sagte ihr, ich wolle mich über eine alternative Krebsklinik beschweren, die meiner Ansicht nach ein einziger großer Schwindel sei.

»Sind Sie die Patientin?«, fragte sie.

»Nein, ich bin die Freundin der Patientin.«

»Dann können wir Ihnen leider nicht helfen«, sagte sie in freundlichem, aber bestimmtem Ton. »Wir können nur Beschwerden von Leuten annehmen, die selber eine Behandlung gemacht haben.«

»Moment. Moment«, sagte ich. »Das verstehe ich vollkommen – aber ich bin ganz bestimmt nicht die Einzige, die etwas gegen diesen Laden hat. Vielleicht können Sie sich notieren, was ich miterlebt habe, und das dann zur Erhärtung anderer Klagen verwenden.«

»Nein, ich fürchte, das geht nicht«, sagte sie.

»Gibt es noch eine andere staatliche Stelle, an die ich mich wenden könnte?«

»Nicht dass ich wüsste.«

»Ja – was soll ich denn dann machen?«

»Wie heißt diese Klinik denn?«, fragte sie einlenkend.

»Theodore Institute.«

Ein spannungsgeladenes Schweigen. Dann sagte sie mit einer Stimme, deren plötzliche Lebhaftigkeit sie nicht verbergen konnte: »Bleiben Sie bitte einen Augenblick am Apparat.«

Ich wartete. Als sie wieder da war, wirkte sie sehr konzentriert.

»Ja, wir würden gerne hören, was Sie zu sagen haben. Ich gebe Ihnen den Namen eines Untersuchungsbeauftragten. Rufen Sie ihn doch bitte an und machen Sie einen Termin aus.«

Als ich ihn auf seinem Handy anrief, war er gerade auf der Autobahn unterwegs. Er fuhr sofort an den Randstreifen. Er klang wie ein Polizist. Ich erzählte ihm meine Geschichte, und er hörte zu, ohne mich ein einziges Mal zu unterbrechen. Gegen das Theodore Institute werde schon seit geraumer Zeit ermittelt, sagte er. Es sei für mich in diesem Falle möglich, auch ohne Nicolas Erlaubnis eine Beschwerde einzureichen, falls ich selbst gesehen hätte, wer die Behandlung durchführe.

»Würde Ihre Freundin selber mit mir darüber reden?«

»Auf gar keinen Fall. Sie glaubt, dass die ihr das Leben retten. Ich tu das hinter ihrem Rücken.«

»Ich könnte nächste Woche zu Ihnen kommen. Wären Sie bereit, mir auf Band zu sprechen?«

»Ist der Papst Katholik?«

Er lachte. War das im Hintergrund Verkehrslärm oder der Hufschlag der ausrückenden Kavallerie?

*

Nicola war an diesem Nachmittag schon zu Hause, als ich mit einem Kofferraum voller Lebensmittel von Moonee Ponds zurückkam. Ihre völlig durchweichten chinesischen Slipper waren über dem Waschtrog aufgestellt, und die Laufschuhe, die sie bei Target gekauft hatte, trug sie an den Füßen. Sie zeigte sie mir mit ostentativem Missfallen. Ich lachte.

»Hast du deinen Artikel fertig?«, fragte sie.

»Nö. Kein einziges Wort geschrieben.«

»Was? Das ist aber ganz schlimm«, sagte sie schelmisch.

»Das war sehr ungezogen von dir. Jetzt wirst du allen Leuten erzählen, dass es an der ungezogenen Nicola liegt, wenn du deine Arbeit nicht machst.«

Die Luft im Zimmer wurde dicker. Mit gesenktem Blick schleppte ich die Einkaufskörbe in die Küche und ließ sie auf den Boden fallen.

»Ich hab den Tag nicht verbummelt.« In meiner Stimme hörte ich den kläglichen Versuch, ihre Anschuldigung zu entkräften. »Ich habe ein paar Briefe beantwortet und ein paar Anrufe erledigt. Ich hab halt einfach nur diese Rezension nicht geschrieben. Ich schreib sie am Donnerstag.«

Aber sie hatte schon das Interesse verloren.

»Das Neueste ist jedenfalls«, sagte sie, »dass sie mich überzeugt haben, das Vitamin C morgen wieder zu nehmen.«

Ich richtete mich auf und sah sie schweigend an.

»Eine ganz niedrige Dosis«, fügte sie hinzu und sah mich dabei an.

»Wessen Idee war das?«

»Die von einem neuen Arzt, der heute gekommen ist. Er sagt, er hat absolut noch nie jemanden auf das Vitamin C so reagieren sehen wie mich.«

»Ach wirklich. Haben andere Leute überhaupt schon mal negativ reagiert?«

»Nein – noch nie hat jemand so reagiert wie ich.«

»Ja, das habe ich schon verstanden, aber hat irgendwer schon mal von einer anderen negativen Reaktion berichtet?«

»Nein. Kein Mensch hat jemals so reagiert wie ich.«

Tief Luft holen. Einfach sein lassen.

»Aber Moment mal – hast du nicht morgen deinen Termin beim Onkologen?«

Sie runzelte die Stirn. »Ja, aber das ist um halb zwölf. Er wird wahrscheinlich nur einen kurzen Blick auf mich werfen. Danach will ich gleich wieder in die Klinik zurück. Wenn du mich fahren könntest?«

»Okay. Du denkst also, dass du am Sonntag nach Hause fliegen kannst?«

»Aber natürlich«, sagte sie. »Noch drei Tage lang diese Behandlung, und ich bin stark wie ein Bär.«

Sie lächelte, und ihre Augen wurden glasig. Ich musste mich abwenden.

*

Ich wollte sie eigentlich nicht begleiten, aber sie bestand darauf.

Der Onkologe Dr. Maloney war ein adretter, schmächtiger freundlicher Mann über fünfzig, mit den elastischen Bewegungen, die man oft bei modernen Ärzten erlebt, deren Ehefrauen sie zum Joggen, zum Schwimmen und zur Ernährung mit kalorienreduziertem Müsli anhalten. Er sah uns freundlich über seinen Schreibtisch hinweg an. Hinter ihm ging ein Fenster auf einen kalten grauen Hinterhof hinaus, der mit einer niederen Buchsbaumhecke eingefasst war. Unverwandt sah er Nicola ins Gesicht, während sie ausführlich über ihre Krankheit und deren Behandlung sprach: er verriet sie kein einziges Mal, indem er zu mir schaute. Entnervt und gleichzeitig fasziniert saß ich neben ihr und beobachtete, wie der Strom ihres Vertrauens die Richtung änderte und jetzt auf ihn zufloss. Spürte er das? War er an so etwas gewöhnt?

»Diese Anfälle von Schüttelfrost«, bemerkte er schließlich in einem träumerischen Ton, »kommen mir vor wie das, was ... wir ... Rigor ... nennen.«

Wir sahen ihn schweigend an. Er kam wieder zu sich und kritzelte etwas auf einen Block.

»Ich brauche ein MRI und einen Knochen-Scan. Fahren Sie gleich rüber zur Mercy Private Clinic. Ich kann veranlassen, dass Sie sofort drankommen. Rufen Sie mich auf der Stelle an, wenn Sie die Ergebnisse bekommen.«

Im Auto war auch Nicola verträumt.

»Er gefällt mir«, sagte sie. Ihr Gesicht war weich geworden und hatte seine Bestimmtheit verloren. »Ihm liegt an mir. Er ist klug. Kannst du Colette anrufen und ihr sagen, dass ich heute nicht komme? Gefällt er dir auch, Helen? Was hältst du von ihm?«

»Ja, er gefällt mir auch.« War das alles, wonach sie sich sehnte? Ein Strom mitfühlender Aufmerksamkeit von einem Mann?

*

Während die Labortechniker mit den unbeteiligten Gesichtern sich an diesem Nachmittag in der Mercy-Klinik um Nicola kümmerten, saß ich auf einem Plastikstuhl im Eingangsbereich zu den Privatzimmern und frischte mein Wissen über das skandalöse Leben unserer Berühmtheiten auf. Die Zeit verstrich ereignislos. Ich holte mir etwas zu essen und zu trinken. Ich versuchte, keine Neugier zu zeigen gegenüber den Patienten, die vorbeihinkten oder -wankten oder auf Rollstühlen oder Bahren vorbeigeschoben wurden. Eine Frau mittleren Alters, schlank, hübsch und völlig außer sich, ging nicht weit entfernt von mir unaufhörlich den Gang auf und ab. Sie ließ sich auf den Stuhl neben mir fallen, sprang wieder auf, setzte sich erneut, blätterte eine Zeitschrift durch, warf sie beiseite und begann wieder ihre Runde in dem langen teppichbelegten Gang.

Gegen fünf, kurz bevor Nicola zum Knochen-Scan geholt wurde, rief sie auf ihrem Handy Dr. Malony an, um mit ihm auszumachen, dass sie die Ergebnisse in seine Praxis bringen würde. Sie wandte sich mir mit einem entzückten Lächeln zu.

»Er sagt, er kommt hierher. Er kommt hierher, um mit mir zu reden!«

Ihr Scan war noch nicht fertig, als Maloney in seinem besten Anzug durch die Eingangshalle gefedert kam. Ich winkte ihm zu und wies mit dem Daumen auf die Tür zu den Behandlungszimmern. Er grinste mich an und wollte sich gerade neben mich setzen, als die angsterfüllte Frau um die Ecke auftauchte und direkt auf ihn zuging. Sofort stand er auf und trat an ihre Seite. Er nahm sie am Arm und brachte sie dazu, sich zu setzen. Er beugte sich ganz nahe zu ihr, so dass er mit seiner Stirn fast die ihre berührte. Er wies auf den oberen Teil ihrer Brust und sagte mit klarer, deutlich hörbarer Stimme: »Ja, Debbie – da ist etwas.«

Ihr Gesicht wurde völlig ausdruckslos. Dann brach sie in Schluchzen aus und bedeckte die Augen mit der Hand. »Oh nein. Ich kann das nicht noch einmal machen. Ich kann einfach nicht.«

Sehr sanft nahm er ihre andere Hand, sah ihr immer noch gerade ins Gesicht und sagte mit mitfühlender Weichheit: »Ich weiß. Ich weiß.«

Sie sprang auf und eilte davon. Er wandte sich mit einem hilflosen Achselzucken zu mir.

»Brutal, oder? Und ich musste es ihr hier sagen.«

Er setzte sich neben mich und nahm Block und Stift aus der Tasche.

»Sie müssen Folgendes wissen. Schauen Sie.« Mit geschickten Strichen und Kurven zeichnete er ein Stück Wirbelsäule. »Das hier ist Nicolas Wirbel C7. Sie wissen, wo der ist?«

»Im Hals?«

Er nickte. »C7 ist praktisch völlig aufgefressen und durch Tumorgewebe ersetzt. Das sich jetzt vorwölbt in Richtung Rückenmark.« Er schraffierte lebhaft: einen groben Klumpen, der eine lange dunkle Röhre schon fast berührte. »Wenn nicht irgendetwas diesen Tumor zum Schrumpfen bringt oder wenn die Reste des Wirbels nicht herausgeschnitten und durch Metall ersetzt werden, wird sie binnen Kurzem an allen vier Gliedmaßen gelähmt sein.«

Ich starrte ihn mit offenem Mund an.

»Von der Lähmung sage ich ihr jetzt noch nichts«, sagte er. »Aber sie darf kein Yoga machen, okay? Sie darf nichts Schweres oder Unhandliches heben oder tragen. Verstehen Sie?«

Er steckte den Block in seine Jackentasche und sah mich mit einem gequälten kleinen Lächeln an.

»Was ist mit dem Theodore?«, fragte ich. »Was mache ich, wenn sie wieder hinwill?«

Er blies die Luft aus wie ein Franzose. »Ich hab ja diesen Theodore nie kennengelernt, aber er macht mir jede Menge Scherereien. Ich kriege immer die Leute von denen. Die Behandlung dort ist kompletter Schwachsinn.«

In diesem Augenblick ging die Tür zu den Behandlungszimmern auf, und Nicola trat heraus. Wie ein Verehrer sprang Maloney auf. Ihr verwirrtes Begrüßungslächeln verblasste. Er streckte ihr die Hand entgegen und führte sie zu einem Stuhl.

*

Niedergeschmettert und schweigend fuhren wir durch den Stoßverkehr nach Hause. Als wir in die Flemington Road einbogen, sagte sie mit leiser Stimme: »Ich glaube, ich gehe jetzt nicht mehr ins Theodore.«

»Gut«, platzte ich heraus und riss am Lenkrad. »Sie haben deine Kräfte auf brutale Weise verschwendet. Und dein Geld auch. Du solltest auf Schadensersatz klagen.«

Sie wandte sich ab. Es hatte keinen Sinn, sich zu entschuldigen. Wir waren beide vor Schreck wie erstarrt. Zu Hause schusterte ich irgendwie ein Essen zusammen, und wir stocherten mit gesenktem Kopf darin herum. Sie zog sich mit dem Kortison und Panadol, das sie von Maloney verschrieben bekommen hatte, auf ihr Zimmer zurück und machte die Tür zu. Kurz darauf hörte ich sie schon schnarchen: es klang, als würde jemand ersticken.

Ich rief Leo an.

»C7?« Er sog scharf den Atem ein.

»Sie geht am Freitag zu einem Chirurgen, damit er ihr sagt, was seiner Meinung nach zu tun ist.«

»Zu wem?«

»Er heißt Hathaway.«

»Hathaway! Ich kenne ihn noch von der Schule her. Oh, er ist sehr gut. Der Beste.«

»Maloney sagt, er sei technisch brillant. Aber offensichtlich neigt er dazu, ein wenig ... grob zu sein.«

»Er wird dir gefallen, Helen. Er ist der Charlton Heston der Neurochirurgie.« Er lachte. »Diese Typen müssen sehr tapfer sein. Es wäre ein bisschen übertrieben, da auch noch Charme zu erwarten.«

In der Nacht brauchte sie mich. Sie schwitzte stark, vor allem am Kopf und Hals. Ihr Kissen war klatschnass. Ich wechselte immer wieder das Bettzeug. Das war schwere Arbeit. Es war *Lass mich mal die Matratze umdrehen.* Es war *Hier, trink das* und *Nein, du musst etwas trinken* und *Was kann ich dir sonst noch geben?*. Und *Leg dich jetzt wieder hin* und *Schlaf noch mal ein bisschen.* Es war anstrengend, und ich war müde, aber selten hatte ich mich so nützlich gefühlt. Ich wusste, dass ich nur noch bis zum Ende der Woche durchhalten musste: Maloney hatte uns gesagt, dass sie, sobald das Kortison erst einmal den Schmerz im Griff habe, in der Lage sein werde, nach Hause zu fliegen.

Ich würde zum Theodore Institute gehen und mich für sie verabschieden. Ich würde einen Koffer voll Handgranaten mitnehmen.

Im Morgengrauen sah ich nach ihr; sie hatte anscheinend keine trockene Wäsche mehr gehabt und schlief in ihrem feuchten Bett mit nichts als einem löchrigen alten rosaroten Kaschmirpullover am Leibe.

Nach dem Frühstück schleppte ich ihre Matratze in die Sonne und ließ eine Ladung Wäsche nach der anderen durch die Waschmaschine laufen. Sie kam in den Hof, als ich gerade Wäsche auf die Leine hängte. Ich legte die Klammern weg und wandte mich ihr zu. Ich war nicht groß genug, um sie wie eine Mutter oder ein Ehemann zu halten, aber ich streckte ihr meine ausgebreiteten Arme entgegen. Sie sank hinein und bückte sich, um den Kopf auf meine Schulter zu legen: oh, wie schrecklich mager sie war! Wir weinten beide. Ihre heißen Tränen rannen mir in den Kragen.

»Ich dachte, ich bin auf dem Gipfel«, sagte sie mit brüchiger Stimme. »Dabei bin ich erst am Fuß des Berges.«

Den ganzen Tag über verlor sie sich immer wieder in stillem Weinen. Manchmal nahm ich sie in die Arme, manchmal machten wir einfach mit dem weiter, was wir gerade taten. Das harte, unzugängliche Strahlen war vorbei. Alles floss und schmolz dahin. Ich brauchte nichts zu sagen. Sie sah zu mir auf und sprach es selbst aus, als ich ihr eine Tasse in die Hand gab.

»Als Nächstes kommt dann der Tod, nicht wahr.«

MR. HATHAWAY, der Neurochirurg, hatte seine Praxis in einem alten roten Ziegelsteingebäude hinter dem Epworth-Krankenhaus. Er war ein großer Mann mit mächtigen Schultern, dichtem Haar und grazilen Händen, die auf seinem rohen Holzschreibtisch mit dem dicksten, schwärzesten, glänzendsten Mont Blanc Füller spielten, den ich je zu Gesicht bekommen hatte, doppelt so lang und dick wie ein normaler Füller, gekrönt von einer kolossalen goldenen Feder.

Er schonte Nicola nicht.

»Ich habe mir Ihre Aufnahmen genau angesehen«, sagte er. »Wenn Sie hinfallen oder stolpern, wenn Sie eine ungeschickte Bewegung oder einen plötzlichen Ruck oder eine heftige Kopfbewegung machen, dann könnte der Tumorknoten, der jetzt an der Stelle Ihres Wirbels C7 sitzt, zerstört werden. Und wenn das passiert, dann spritzen Krebsteilchen und Stücke zerstörter Wirbelmasse da drinnen überall herum.«

Von meinem Platz neben der Tür aus, wo ich wie verrückt mit zitterndem Stift in mein Notizbuch kritzelte, sah ich, wie sie schluckte. Sonst zeigte sie keine Reaktion, doch sie saß so aufrecht, wie sie konnte, und schaute ihm direkt in die Augen.

»Wenn das passieren würde«, fuhr er fort, »wären Sie sofort an Armen und Beinen gelähmt. Und das wäre dann Ihr Ende.«

Er erklärte ihr, dass er der einzige Neurochirurg in Australien sei, der einen Stift aus Titan einsetzen könne, also etwas ganz anderes als so ein Teil aus Plastik oder ein Knochentransplantat, um den vom Krebs zerfressenen C7 zu ersetzen. Er zählte ihr die Wochentage auf, an denen er operierte, und ich schrieb mit. Er informierte sie darüber, dass sie nach der Operation drei Monate lang eine Zervikalstütze werde tragen müssen. Dann schob er seinen Stuhl zurück und blickte sie unter seinen Brauen hervor an, wobei er immer noch den riesigen Füllfederhalter flink zwischen Daumen und Zeigefinger rollte.

Ihm fehlte Maloneys weiche, fast zärtliche Art; aber unwillkürlich mochte ich ihn, und ich bewunderte seine gnadenlose Offenheit. Trotzdem konnte es doch sicher nicht stimmen, dachte ich, als ich mein Notizbuch wegsteckte, dass er der Einzige war, der eine solche Operation durchführen konnte. Es war gar nicht denkbar, dass er der Einzige war. Nein – Maloney würde einen entsprechenden Arzt in Sydney suchen und sie würde morgen früh nach Hause fliegen wie ursprünglich geplant.

Nicola stand vorsichtig auf und seufzte leise. Sie gab ihm die Hand und sagte: »Wir fahren jetzt noch mal zu Dr. Maloney. Wir machen mit ihm zusammen unsere Planung. Ich rufe Sie heute Nachmittag an.«

Er stand auf. »Ich würde Ihnen ganz dringend raten«, sagte er, »es nicht aufzuschieben.« Er griff ihr altmodisches Benehmen auf und komplimentierte uns geradezu mit Verbeugungen zur Tür hinaus.

*

Nicola stieg vor Maloneys Praxis aus, und ich fuhr weiter, um einen Parkplatz zu suchen. Ich fand sofort einen, blieb aber vor lauter Angst noch zehn Minuten sitzen und feilte mir die Fingernägel. Auf dem Handy rief ich eine mir bekannte Journalistin aus Sydney an, die in Gesundheitsfragen eine Autorität war.

»Natürlich kann sie diese Operation auch hier machen lassen«, sagte sie erstaunt. »Erst gestern hat sich eine Freundin von mir im St. Vincent verkrebste Wirbel ersetzen lassen – etwas tiefer am Rückgrat –, drei Stück. Ihr Mann hat mir gesagt, sie seien sehr beeindruckt von dem Ergebnis. Man kann doch nicht von dir erwarten, dass du das allein hinkriegst. Was ist denn mit ihrer Familie?«

Ihre ungeduldige Härte hätte mich eigentlich stärken sollen, tatsächlich aber fühlte ich mich gedrängt, Nicola zu verteidigen und Entschuldigungen für sie zu suchen. Wer hätte sich dazu versteigen können, von Nicolas Schicksal nicht beeindruckt zu sein? Alles andere wäre zu abscheulich gewesen.

Als ich bei Maloney ins Wartezimmer kam, sah ich Nicola dicht neben einer Frau mittleren Alters sitzen, die in auffällige, leuchtend bunte Kleider gehüllt war. Sie schauten drein wie zwei Verschwörer, flüsterten eindringlich miteinander und nickten immer wieder ganz schnell, und ihre gesenkten Köpfe stießen dabei fast zusammen. Als ich herantrat, wurde die andere Frau gerade aufgerufen. Ich setzte mich auf ihren Platz. Nicola empfing mich mit einem hektischen Lächeln.

»Das war Melanie«, sagte sie. »Sie kommt auch vom Theodore.« Sie senkte die Stimme zu einem Flüstern. »Sie hat mir gerade von einer Behandlung mit Alkohol erzählt, der direkt in den Tumor injiziert werden kann. Sie sagt, in Afrika ist das den Ärzten schon erlaubt, aber hierzulande nicht. Und sie sagt, sie hat im Internet etwas von einer Spezialkamera gelesen. In Russland! Das könnte man vielleicht hier auch schon bald kriegen.«

»Eine Kamera.«

»Ja genau – sie sagt, die nimmt alle Zellen auf, die bei Anwendung von Spirulina strahlen. Das einzig Dumme dabei ist, dass sie einem nicht sagen kann, ob die Zellen, die da leuchten, schon verkrebst oder nur krebsgefährdet sind.«

Ich stellte meine Tasche auf den Teppich.

»Ich sollte sowieso noch mal zum Theodore gehen«, plapperte sie weiter und rutschte ungeschickt auf dem harten Stuhl herum. »Ich habe ihnen für die dritte Woche noch gar kein Geld gegeben.«

Ich verschränkte die Arme und schloss die Augen. Könnte ich doch auf der Stelle in Ohnmacht fallen. Ich möchte das Bewusstsein verlieren. Bitte, Dr. Maloney, bringen Sie mich ins Krankenhaus. Legen Sie mich in ein Bett und decken Sie mich mit einer Baumwolldecke zu. Lassen Sie mich dort allein und in Ruhe liegen, bis das alles vorüber ist.

*

»Tatsächlich«, sagte Dr. Maloney hinter seinem Schreibtisch, der gerade halb so groß war wie der von Hathaway, »stimmt das. Er hat diesen Titanstift praktisch erfunden. Wenn Sie das wollen, Nicola, dann ist er Ihr Mann.«

»Ja, Dr. John«, sagte sie glühend. »Das will ich. Das ist wirklich genau das, was ich will.«

»In diesem Fall«, sagte der Doktor, »werden Sie die Operation in Melbourne machen lassen, im Epworth. Wahrscheinlich Anfang übernächster Woche.«

Maloney musste bemerkt haben, dass mir der Kiefer herunterklappte. Einen Augenblick blieb er unbeweglich sitzen. Dann sagte er: »Na, dann sollten Sie beide jetzt mal nach Hause gehen und schonungslos offen miteinander reden.«

*

Ich wagte kaum, mich hinters Steuer zu setzen. Ich fuhr in dumpfer Panik und wie betäubt; ich ließ die Gänge beim Schalten kreischen und wusste den Weg nach Hause nicht mehr. Wir dröhnten durch die Nicholson Street nach Norden. Ich spürte, dass sie mich von der Seite ansah.

»Nicola«, sagte ich. »Du kannst diese Operation nicht in Melbourne machen. Du musst zurück nach Sydney fahren und sie dort machen lassen.«

»Nein nein nein nein, meine Liebste«, sagte sie. »Ich will sie hier machen lassen. Hathaway ist der Beste im ganzen Land. Dr. John hat das gesagt.«

Ich hob die Stimme. »Nicola. Das ist doch verrückt.«

»Ich vertraue Dr. John«, sagte sie. »Wenn ich sie hier machen lasse, wird Dr. John nach mir sehen.«

»Aber wir haben hier keine Unterstützung. Niemand hilft mir.«

Ich warf ihr einen Blick zu, als wir über die Eisenbahnschienen holperten. Sie sah geradeaus und grinste wie eine Verrückte.

»Dr. John ist nicht wie die anderen Ärzte«, säuselte sie gefühlvoll. »Er mag mich wirklich – das steht fest. Ihm liegt an mir. Ich brauche seine Fürsorge.«

Sie weigerte sich, mich zu verstehen. Ich würde ihr also das Messer hineinrammen müssen.

»Hörst du mir jetzt mal zu, verdammt noch mal?«, rief ich mit schriller Stimme. »Ich. Schaff. Es. Nicht.«

Sie saß ganz still.

»Ich habe mich jetzt drei Wochen lang bezähmt«, sagte ich. »Ich habe gedacht, bis morgen schaffe ich es gerade noch so. Aber jetzt erwartest du einfach, dass ich die nächste Runde auch noch packe und die übernächste auch. Ich versuche dir gerade klarzumachen: Ich bin am Ende. Ich kann nicht mehr.«

Sie schaute unentwegt durch die Windschutzscheibe hinaus. Ich hatte das Gefühl, ich müsse anhalten und in den Rinnstein erbrechen.

Dann atmete sie bebend ein und begann mich in ihrem vornehmsten Tonfall zu loben. »Du warst wirklich eine großartige Staffelläuferin! Du hast ein fantastisches Rennen gemacht, Liebes. Natürlich kannst du jetzt den Stab weitergeben. Ich weiß schon, was ich mache! Ich miete mir eine Wohnung mit Zimmerservice. Oder ich gehe in ein Hotel.«

Meine Hände am Steuerrad fingen an zu schwitzen. »Das machst du nicht, das kannst du gar nicht«, sagte ich. »In eine Wohnung mit Service oder ein Hotel ziehen.«

»Natürlich kann ich. Es gibt bestimmt ganz reizende Wohnungen dort in der Nähe vom Krankenhaus. Ich kann selber auf mich aufpassen. Ich muss ja nichts anderes machen, als eine Zervikalstütze zu tragen.«

»Hör gut zu, Nicola. Es geht hier nicht um eine Zervikalstütze. Du brauchst ein regelrechtes Team von Leuten, die sich den ganzen Tag um dich kümmern – und nachts auch –, die dir die Bettwäsche wechseln und sie waschen und einkaufen und kochen. Deine Familie und deine Freunde werden dich nicht in ein Hotel ziehen lassen. Dazu wird es einfach nicht kommen. Du musst zurück nach Sydney fahren.«

»Ich fliege morgen früh nach Hause. Du kommst mit, nicht wahr? Ich kann nicht allein fliegen. Ich werde alles mit Iris besprechen und ein paar Sachen packen, die ich brauche. Dann komme ich nächste Woche wieder hierher zurück. Ich habe Dutzende von ganz lieben alten Schulfreundinnen, die alle hier in Melbourne wohnen. Sie werden mich von ganzem Herzen bei sich willkommen heißen!«

Mir wurde ganz schlecht vor Wut. Ich hätte das Auto am liebsten gegen einen Pfeiler gefahren, aber so, dass nur sie starb – ich würde den Zündschlüssel stecken lassen, meinen Rucksack packen und um mein Leben rennen.

*

Von dem Moment an, wo wir die Haustür aufgemacht hatten, vibrierte das Haus vor hässlichen Gefühlen. Zorn und Angst, die so rigoros unterdrückt wurden, schwirrten durch die Luft. Der Kühlschrank war leer. Ich fuhr zum Laden und kaufte für unser Mittagessen ein. Während ich so schnitt und briet, machte ich eine ungeschickte Drehung und zerrte mir einen Muskel im Kreuz. Als mir dabei ein schmerzliches Stöhnen über die Lippen kam, wurde ich sofort rot vor Scham. Was für ein armseliger Wettbewerb, ein eingeklemmter Muskel gegenüber einem Tumor, der zu platzen und Nicolas Körper mit ekligem Zeug und Gift zu füllen drohte. Aber sie hatte mich nicht gehört. Sie lag auf der Couch und fantasierte in fiebriger Erregung.

»Ich habe Verity«, rief sie. »Und Tory und Flick, aber die ist vielleicht nach Paris gezogen. Verity hat doch diesen Anwalt geheiratet, der so viel Erfolg hatte. Seinen Namen habe ich vergessen. Sie hatten damals so ein himmlisches kleines Landhaus gegenüber ihrem eigenen Haus, gleich auf der anderen Straßenseite. Das Au-pair-Mädchen wohnte dort immer. Da könnte ich einziehen!«

»Wie lange ist es her, dass du zum letzten Mal mit ihr Kontakt hattest?«

»Och, nur ein paar Jahre.«

»Nicola«, sagte ich, »solltest du das nicht vielleicht erst mal mit Verity besprechen? Um zu sehen, ob es realistisch ist?«

Sie strahlte mich mit glasigen Augen an. »Aber nein, Liebste. Ich weiß, dass sie mich unter allen Umständen aufnehmen würde. Sie liebt mich heiß und innig.«

»Aber sie muss sich vierundzwanzig Stunden am Tag um dich kümmern. Vielleicht hat sie ja so was wie familiäre Verpflichtungen oder einen Beruf, weißt du?«

Sie erstarrte einen Augenblick, dann schnalzte sie mit der Zunge und machte eine wegwerfende Handbewegung. Sie griff nach einem Stift. »Also, wenn es da nicht passt, dann – dann lasse ich alle in ein Hotel kommen. Ich nehme eine Suite im Windsor.«

»Alle? Wer sind alle?«

Und schon kritzelte sie die Namen der Freundinnen aus Sydney und der Verwandten vom Lande, von denen sie *wusste*, dass sie sofort nach Melbourne geeilt kämen und sich in Schichten um sie kümmern würden. Ihre Schwester Pip wäre im Nu da. Iris würde alles stehen und liegen lassen und kommen. Clare würde ihre Kinder in Byron zurücklassen und in das nächste Flugzeug Richtung Süden springen. Harriet würde mit Vollgas aus Yass heranbrausen. Alle wären sie zur Stelle! Nicola würde sie nach Melbourne einfliegen lassen, Nicola würde die Tickets kaufen, Nicola würde bezahlen!

Ich stand am Grill, und mir wurde vor Panik ganz schwindlig. »Aber das kostet –«

»Jeder, der sich die Mühe macht, sich um mich zu kümmern«, erklärte sie mit einer ihrer hoheitsvollen Gesten,

»verdient das Beste, was es für Geld zu kaufen gibt. Also. Ich werde drei Tage im Krankenhaus bleiben, das heißt «

»Drei Tage? Hat Maloney nicht von sieben bis zehn gesprochen?«

»Unsinn, Hel. Ich werde da ganz schnell wieder draußen sein. Okay, an welchen Tagen operiert Hathaway? Dienstags und freitags?«

Wenigstens dafür hatte ich einen Beleg. Ich zog das Notizbuch aus der Tasche und las in entschiedenem Ton vor, was ich in seiner Praxis mitgeschrieben hatte: »Er operiert montags und freitags.«

Sie senkte die Brauen. Und schüttelte den Kopf. »Nein. Das war nicht montags. Es war dienstags.«

Sie nahm das Telefon und rief in seiner Praxis an. Während sie lauschte, färbten ihre Jochbeine sich rosig. Kraft durchströmte sie. Sie warf den Hörer auf den Teppich. »Ich wusste doch, dass ich recht hatte. Es ist tatsächlich *dienstags.*« Sie zog sich in den Kissen hoch und warf mir einen strahlenden Blick des Triumphs zu. »Übrigens – als du einkaufen warst, hat Bessie an die Tür geklopft. Ich habe so getan, als wäre niemand zu Hause.«

Ich zog das Gummiband um das Notizbuch, hinkte aus dem Zimmer und legte mich aufs Bett. Von da aus hörte ich sie am Telefon plappern, in Lachkaskaden ausbrechen, ihre Truppen organisieren, die Verstärkungen aufstellen. Nach einiger Zeit rief sie aus der Diele zu mir herein: sie würde jetzt mit dem Zug in die Stadt fahren, um ihre Rechnung beim Theodore Institute zu begleichen. Als die Tür zugeschlagen wurde, erschütterte es das Haus bis in die Grundfesten.

Irgendwie schlummerte ich ein. Kurz nach vier klopfte es leise an mein Fenster: Bessies Augen schimmerten durch die Lamellen der Jalousie. Ich stand auf und machte die

Vordertür auf. Sie stand auf dem Fußabstreifer und sah zu mir hoch, die dunkle Krempe ihres Sonnenhuts aus der Stirn geschoben wie ein Kavalier. Sie hüpfte gleich zu meinem Bett, und wir legten uns hin. Sie hatte nachgedacht; sie wollte mir die Ergebnisse mitteilen.

»Wenn jemand stirbt«, sagte sie, »fliegt ein kleiner Teil von ihm aus seinem Körper hinaus.«

»Ja«, sagte ich. »Das habe ich auch schon gehört. Ein schöner Gedanke.«

»Das nennt man Seele.«

Sie nahm mein Handgelenk und schob die Haut darüber sanft auf und ab. Ich spürte, dass das, was mich bedeckte, papierdünn und lose war, ich spürte die Zerbrechlichkeit des Gelenks.

»Jeder muss sterben«, sagte sie. »Sogar ich. Sogar Hughie. Und Granny, wenn wir sterben würden, würdest du auch sterben. So traurig wärst du nämlich.«

IN DEM MOMENT, als Bessie und ich auf dem Bett lagen und über das Schicksal und die Welt diskutierten, wusste ich noch nicht, dass Nicolas verrückter Traum, die Leute, die sie pflegen sollten, nach Melbourne einfliegen zu lassen und im Windsor Hotel unterzubringen, wahr werden würde und dass sie zehn Tage später endgültig nach Sydney zurückkehren würde, den Titanstab von Mr. Hathaway ins Rückgrat eingesetzt.

In dem Moment wusste ich auch noch nicht, wie oft ich nach Sydney fliegen würde, um meine kleine Rolle in der verbleibenden Fürsorge für sie zu spielen, oder wie oft die Tür von Iris' Wohnung, wenn ich läutete, von Harriet aus Yass geöffnet würde, ihr rundes, wettergegerbtes Gesicht schweißüberströmt und wirr vor Müdigkeit, oder von Marion, der Buddhistin, die, nach einem fünftägigen Arbeitspensum ohne die geringste Erholung, weiß, gefasst und stoisch aussah. Ich war nicht darauf vorbereitet gewesen, neben Clare aus Byron auf dem Fußboden zu schlafen, während Iris halb wahnsinnig ihren Rucksack packte und zu Fuß Richtung Norden floh, die Küste von New South Wales entlang.

Ich konnte mir da noch nicht vorstellen, dass mich jedes Mal ein solcher Drang überkommen würde, mich zu betrinken, wenn ich die hohen, luftigen Zimmer der Wohnung betrat und Nicola auf dem Sofa thronen sah, wo sie, gegen seine hart gepolsterte Armlehne gestützt, wachte und schlief und lachte und hustete, das Dämpfen chinesischer Kräuter überwachte, Fastenkuren mit braunem Reis und drastische basische Diäten plante und jeden Morgen ihr Gesicht der Sonne entgegenhob, die durch die unverhüllten Fenster hereinschien. Auch konnte ich nicht vorhersehen, dass sie eines Tages, die geschwollenen Beine auf einem Stapel Kissen hochgelegt, heiter verkünden würde: »Ich hab jetzt auf einmal begriffen, warum es mir so schrecklich schlecht geht – ich muss wohl anämisch sein.« Oder dass mein Leben zu Hause zwischen meinen Besuchen in Sydney so langweilig werden sollte, und dass ich ihr schreiben würde: »Du fehlst mir. Ich langweile mich. Ich würde viel lieber in Iris' Badezimmer Kacke von den Fliesen kratzen.« Denn auch das würde von mir verlangt werden: wie die anderen, die sie versorgten und die ich in der Intimität unserer Arbeit lieben lernte, würde ich mithelfen müssen, sie zur Toilette zu tragen, wo ich lernte, ihren Hintern so behutsam zu säubern, wie ich das bei meiner Schwester und meiner Mutter auch getan hatte und wie es eines Tages jemand bei mir wird tun müssen.

Ich hätte mir allerdings denken können, dass sie sich gegen ein Hospiz wehren würde, bis ihr die Bestandteile ihrer Lunge aus Nase und Kehle zu schäumen begannen, bis alle um sie herum vor Erschöpfung, Wut und Verzweiflung völlig zerrüttet waren. Sie gab erst nach, als Marion zu ihr sagte: »Gräm dich doch nicht, dass du manches nicht gemacht hast. Das ist Vergangenheit. Lass sie sein. Freu dich: du bist jetzt unsere Lehrerin.«

Doch bei aller angstvollen Bereitschaft war ich dennoch entsetzt, als ich an ihr Sterbebett gerufen wurde. Die Nachricht erreichte mich bei der Autorenversammlung in Adelaide. Im Flugzeug nach Sydney erglühte alles, worauf ich schaute – die Haare von Fremden, die Falten ihrer Kleidung – in einem kraftvollen Ton. Als ich auf Zehenspitzen ihr Zimmer im Hospiz betrat und schon ein feierliches Gesicht machen wollte, legte sie langsam ihre aufgedunsene Hand auf meine und krächzte unter der Kanüle der Sauerstoffmaske hervor: »Bist du vom Festival ausgebüchst? Was gibt's für neuen Klatsch?« Ich erzählte ihr, dass sich die großen Namen fast gebalgt hätten, um bei der Verleihung der australischen Staatsbürgerschaft an den Nobelpreisträger dabei zu sein, die in einem Zelt stattgefunden habe, und ein schadenfrohes Lachen huschte über ihr Gesicht. Schwach drückte sie mir die Hand und sprach die letzten Worte, die ich von ihr hören sollte: »Geh nicht weg, ja?«

Ich konnte auch nicht voraussehen, dass zwei Buddhistinnen sie mit Gesang hinüberbegleiten würden: dass ich zusammen mit Clare und Iris schaudernd in einer Ecke des dämmrigen Hospizzimmers kauern und dem monotonen Tremolieren der beiden Altstimmen lauschen würde, die alle mitfühlenden Wesen dazu aufriefen, hierherzukommen, zu Nicola zu kommen, die, wie es jedem von uns in diesem Leben geschehe, tief in den Sumpf unerträglicher Schmerzen gesunken sei; deren Lebenslicht zu Ende gehe, die einen Ort der Dunkelheit betrete, einen weglosen Wald; die keine Freunde habe, die keine Zuflucht habe, die am Rand eines Abgrunds stehe, einer schrecklichen Schlucht, in deren hallende Tiefen sie stürzen und dann vom mächtigen Wind des Karma, vom Wirbelsturm des Karma fortgeweht werden würde. Ich schaute auf von diesem poetischen Nachtgebet und sah das Gesicht ihrer Schwester im Profil gegen einen schwarzen Vorhang, geduldig und verschlossen, genauso eindrucksvoll in seiner noch verbliebenen Schönheit wie das Gesicht, das keuchend auf dem Kissen lag.

Ich konnte auch nicht voraussehen, dass bei ihrer Gedächtnisfeier, mehrere Tage nachdem ihre Asche in Gegenwart derer, die ihr nähergestanden hatten als ich, verstreut worden war, eine schön gekleidete Frau mit der Festordnung in der Hand mich mit einem nasalen, frostigen Unterton in der Stimme folgendermaßen ansprechen würde: »Ich heiße Verity. Ich war mit Nicola in der Schule. Ich habe gesehen, dass Sie eine Rede halten werden, und da wollte ich gerne wissen – in was für einer Beziehung standen Sie eigentlich zu ihr?«

Ich hatte keine Ahnung, dass Nicola mir, bevor sie mein Haus verließ, einen Abschiedsbrief schreiben würde, der so voller Selbstvorwürfe, voller Zärtlichkeit und stiller Dankbarkeit war, dass ich, als ich ihn Monate später in seinem klug gewählten Versteck fand, vom Weinen geschüttelt wurde, von heftigen Schluchzern, die sich meinem Körper entrangen, so wie sie gehofft hatte, dass sich die Gifte dem ihren entringen würden. Ich wusste da auch noch nicht, dass der Untersuchungsbeauftragte zu mir nach Hause kommen würde, dass ich meine Geschichte über das Theodore Institute in seinen Kassettenrekorder fließen lassen und dann nie wieder etwas von ihm hören würde. Auch hatte ich keine Ahnung, dass ich gegen Ende des darauffolgenden Sommers an Dr. Tuckey vorbeigehen würde, als er gerade einen kleinen Koffer in der duftenden Dämmerung durch die Flinders Lane rollte; dass ich, als ich ihn stehen bleiben sah, um sich mit einer unbeholfenen Bewegung die hoffnungslos rutschende Hose hochzuziehen, Mitleid mit ihm hatte, weil seine Patienten alle sterben mussten.

Das Einzige, was ich sicher wusste, als ich an diesem Nachmittag auf meinem nach dem Pol hin ausgerichteten Bett lag, neben dem Kind mit den sich lösenden Zöpfen, die man wegen der Nissen geflochten hatte, und seinen neuen Erkenntnissen, das war, dass ich, wenn ich Nicola nicht morgen aus dem Haus brächte, in eine Kalkgrube des

Zorns hineinrutschen würde, die mir das Fleisch vom Leib ätzen würde, bis nur noch ein paar bleiche Knochen in einer sandigen Landschaft verstreut herumlägen.

*

In dieser Nacht, der letzten, die Nicola in meinem Haus verbrachte, konnte ich wegen des fürchterlichen Schnarchens, das durch die geschlossenen Türen ihres und meines Zimmers drang, nicht schlafen. Ich lag mit geballten Fäusten unter der Decke, vor Verzweiflung außer mir. Lag das an dem Valium, das Maloney ihr gegeben hatte? Oder an den Anabolika? War es der Tod selbst, der da schon mit ihr spielte, der unbekümmert über ihre armen müden Luftröhrenäste und Lungenmembranen herfiel? Mir war ganz schlecht vor Scham, ich wütete gegen mich selbst wegen meiner Wut, wütete gegen den Tod, weil es ihn gab, weil er sich bei ihr so viel Zeit ließ und so grausam war.

Doch als wir am Morgen aufstanden, herrschte ein erschöpfter Friede. Sie sagte, sie habe keine Schmerzen. Wir packten ihre paar Sachen in die Stofftasche. Ich hängte sie mir über die Schulter und griff nach meiner eigenen. Wir nahmen ein Taxi zum Flughafen, checkten ein und tranken dort noch einen Kaffee, neben einer gläsernen Wand. Oben am Himmel kämmte ein leichter Wind durch die hohen wechselhaften Frühlingswolken.

Der Flug war kurz. Wir saßen da und sprachen fast nichts, sahen zu, wie das Licht über dem silbernen Flügel zitterte und flatterte. Manchmal wandte sie mir das Gesicht zu und lächelte. Iris erwartete uns am anderen Ende. Als ich ihre wilden Locken und ihr geistvolles Gesicht in der Menge auftauchen sah, hätte ich vor ihr auf die Knie fallen können. Sie begrüßte uns. Ich übergab ihr Nicolas Tasche und trat zurück; denn obwohl unser Abschied, als ich am nächsten Tag Iris' Wohnung verließ, sehr liebevoll ausfiel, obwohl Nicola meine beiden Hände ergriff und mich auf die Wangen küsste und mir in die Augen sah und obwohl wir jetzt alle drei wie Schwestern Schulter an Schulter durch die Flughafenhalle zum Auto gingen, hatte ich meinen Platz an Nicolas Seite bereits verlassen.

Meine Fürsorge endete hier, ich übergab sie anderen.

»Lasst uns alle hoffen.« – Die Gedichte eines Lebens

Coveränderungen vorbehalten

Margaret Atwood
Innigst / Dearly
Gedichte eines Lebens / Poems of a Lifetime
Aus dem kanadischen Englisch von Jan Wagner
Berlin Verlag, 240 Seiten
ISBN 978-3-8270-1468-9

»Lyrik handelt vom Kern der menschlichen Existenz: Leben, Tode, Erneuerung, Wandel; in aller Fairness und Unfairness, in aller Ungerechtigkeit und – manchmal – Gerechtigkeit.« *Margaret Atwood*

Mit »Dearly« veröffentlicht Margaret Atwood nach zehn Jahren erstmals wieder einen Lyrikband. Es geht darin um all das, womit sie sich, berühmtermaßen, auseinandersetzt: ob hinreißend genaue Naturbeschreibungen oder witzige Begegnungen mit Außerirdischen, ob drängende politische Fragen oder Mythen und Legenden.

Leseproben, E-Books und mehr unter www.berlinverlag.de